KB248255

너를 만나고
알게 된 행복

너를 만나고 알게 된 행복

아이를 키우며 행복을 찾아가는
워킹맘의 그림 에세이

초 판 1쇄 2024년 08월 09일

지은이 김민경
펴낸이 류종렬

펴낸곳 미다스북스
본부장 임종익
편집장 이다경, 김가영
디자인 윤가희, 임인영
책임진행 김요섭, 이예나, 안채원

등록 2001년 3월 21일 제2001-000040호
주소 서울시 마포구 양화로 133 서교타워 711호
전화 02) 322-7802~3
팩스 02) 6007-1845
블로그 http://blog.naver.com/midasbooks
전자주소 midasbooks@hanmail.net
페이스북 https://www.facebook.com/midasbooks425
인스타그램 https://www.instagram.com/midasbooks

ⓒ 김민경, 미다스북스 2024, *Printed in Korea*.

ISBN 979-11-6910-746-4 03810

값 18,000원

※ 파본은 본사나 구입하신 서점에서 교환해드립니다.
※ 이 책에 실린 모든 콘텐츠는 미다스북스가 저작권자와의 계약에 따라 발행한 것이므로 인용하시거나 참고하실 경우 반드시 본사의 허락을 받으셔야 합니다.

미다스북스는 다음세대에게 필요한 지혜와 교양을 생각합니다.

아이를 키우며 행복을 찾아가는
워킹맘의 그림 에세이

너를 만나고
알게 된 행복

글·그림 김민경

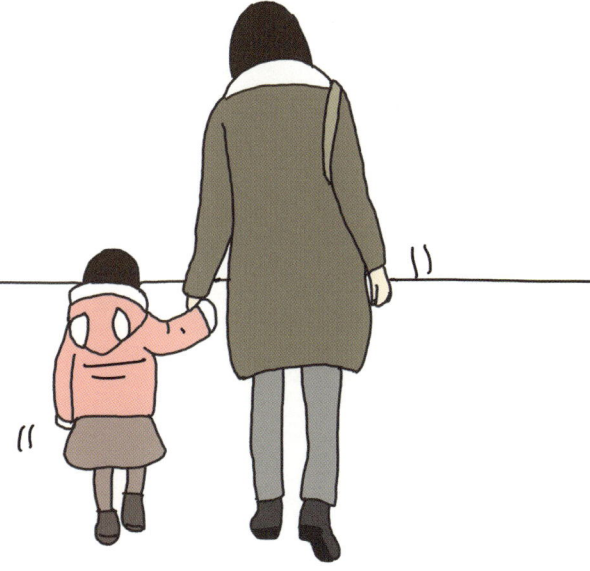

미다스북스

육아란 어린 시절의 나를 만나 성장해 나가는 시간

하루하루를 고군분투하지만,

아름다운 길을 걸어가는 모든 분에게

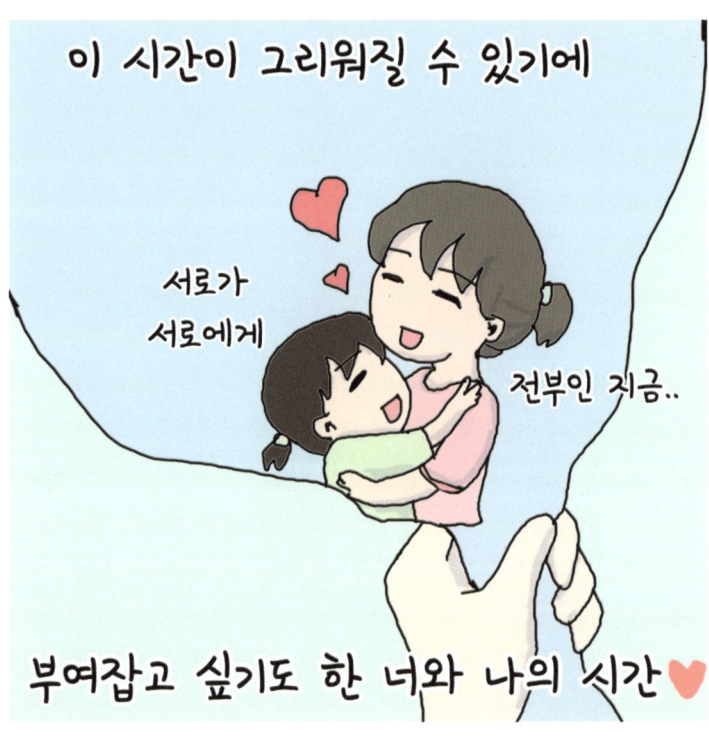

어린 시절 일련의 사건들로 인해 부모님과 마음의 거리가 멀어졌다. 이후로 인간관계에서 필요 이상의 가까움은 지양하며 살아왔다. 내가 마음을 주지 않으면 상처받을 일도 없으리라 생각했기 때문이다.

중·고등학교 때 인생을 함께할 친구들을 사귀었지만, 같이 있을 때 즐거운 관계를 유지하기만 했을 뿐, 마음속 깊은 이야기를 나누지는 않았다. 나의 보여주고 싶지 않은 모습까지 드러내고 싶지는 않았던 것이다. 아마 어두운 모습을 보이면 친구들이 떠나갈지도 모른다는 생각을 했던 것 같다.

그러나 성인이 되어 결혼하면서, 남편에게는 온전히 나

자신을 다 보여줘야 한다는 것을 알게 되었다. 그리고 아이를 낳고 키우는 것은 내가 한 인간을 오롯이 책임져야 하고, 나를 내려놓을 줄도 알아야 하는 수련의 과정이라는 것 또한 깨닫게 되었다.

초반에는 나를 사랑할 힘도 부족한 내가 한 인간을 온 마음 다해 사랑하는 데 어려움이 있었다. 아이를 키우며 어린 시절의 감정이 다시 떠올랐고, 힘들었던 순간도 많았다. 그러다 시간이 지나며 어린 시절의 나를 보듬어주는 자신을 발견했다. 아이에게 괜찮다고 하는 말이 나 자신에게 하는 것 같은 기분이 들었던 것이다. 그러면서 나의 마음도 치유받는 느낌을 받았다.

아이를 키우는 과정은 어린 시절의 나와 대면하는 과정 같다.
아이와 함께 어린 시절의 나도 함께 성장하는 중이다.

육아라는 큰 산을 어느 정도 넘고 나니, 일과 아이 돌봄을 병행해야 하는 시기가 왔다. 우여곡절을 거듭하며 자책감으로 점철된 나날을 보낼 때도 있었지만, 아이의 밝은 미소를 보며 다시금 힘을 내게 된다.

"육아를 하며 어린 시절 나를 만나 더 성장하는 시간을 가지며,
　일과 육아 사이 고군분투하는 모든 분들과 마음을 공유하고 싶습니다."

아이에게
따뜻한 말을
많이 해주려고
노력하는 편이다

엄마는 너를
많이
사랑해

너는
참
소중한
존재야

너는
사람들에게 충분히
사랑받을 만한 아이란다

생각해보니 그 말들은

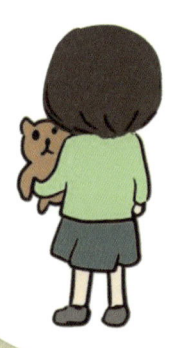

어린 시절 내가 너무나
듣고 싶었던 말들이다

"아이에게 해주고 싶은 말이 언젠가부터 나 자신이 듣고 싶었던 말이라는 것을 알게 되었다.

아이에게 따뜻한 말을 해주며, 어린 시절의 나로 돌아가 마음이 치유받는 경험을 하게 된 것이다.

육아란 어쩌면 내 마음속 어딘가에 숨어서 살고 있던 내면 아이도 키우는 시간인 것 같다."

목차

기록 하나

너를 만나고
찾아 온 행복

변한 내 모습이 어색하지만 좋아

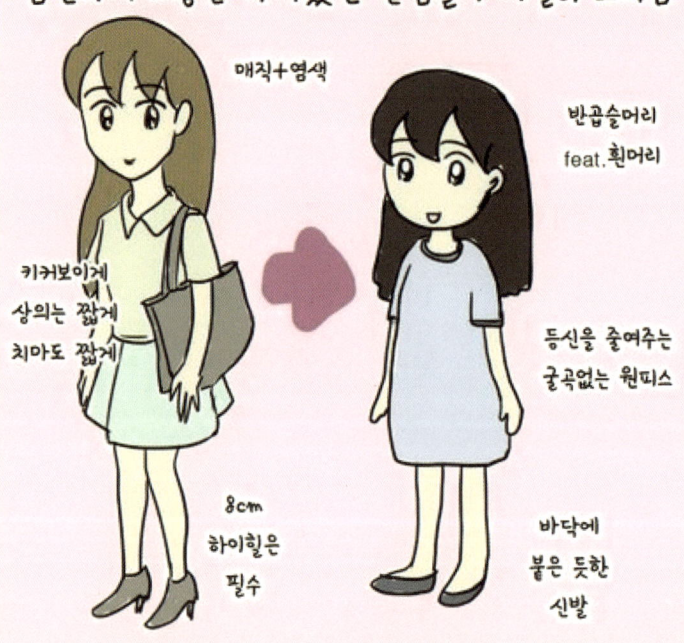

임신하며 그동안 가려왔던 단점들이 여실히 드러남

매직+염색

반곱슬머리
feat.흰머리

키커보이게
상의는 짧게
치마도 짧게

등신을 줄여주는
굴곡없는 원피스

8cm
하이힐은
필수

바닥에
붙은 듯한
신발

＊ ＊ ＊

임신을 하고 크고 작은 변화가 생겼다. 나의 일상을 바꾼 작은 변화에서부터 나의 생각과 관념까지 흔들어놓았던 큰 변화까지.

회사를 다닐 때는 하루하루 잘 버티는 게 목적이었기에, 큰 변화보다는 작은 변화를 주로 느꼈다.

아이를 낳고 나서 혼자 있는 시간이 많아졌을 때 이런저런 깊은 생각을 많이 했다면, 임신을 하며 회사를 다닐 때는 내게 찾아온 일상의 변화에 하루하루 적응하던 시기였다.

임신을 하고나서 그동안 감춰왔던 자신의 모습을 마주하며, 당황스러운 일이 생기기도 했다.

대학생이 된 이후로 작은 키를 최대한 감추기 위해 키 커 보이는 옷과 힐을 필수품처럼 탑재하던 나는, 여실히 단점을 보여주게 되는 펑퍼짐한 옷과 바닥에 붙는 신발을 착용하고 다니게 되었다. 그러자 회사동료들에게 "ㅇㅇ씨 원래 이렇게 키가 작았었어?"란 말을 거의 매일 듣게 된 것이다.

대학교 졸업 이후 10여 년이 넘는 세월 동안 나는 감추려고 노력했던 불편한 진실을 마주하며 움츠러들고 작아지기도 했지만, 반대로 평화로움 또한 느끼게 되었다.

"이런 옷과 신발이 이렇게 편했다니!!"

마치 외부의 시선에서 해방된 것 같은 기쁨을 느끼기도 했다.

아이를 만나기 이전 나 자신을 직접 마주하고, 진실하게 만나기 위한 준비를 하는 듯한 기분이 들었다.

엄마와 아이란 어느 허물이나 껍데기 없이 스스로를 마주 대하는 존재가 아닌가 싶다.

아이는 태어난 상태 그대로, 엄마는 아무 꾸밈없는 모습 그대로 서로를 마주하는 듯한 육아라는 시간이 인생에서 매우 중요하게 느껴진 순간이었다.

아이를 만날 준비

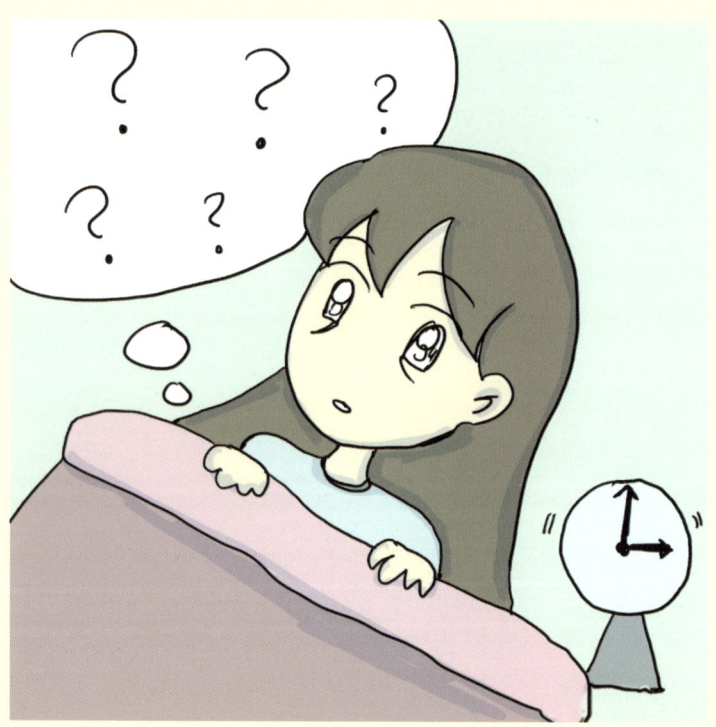

* * *

출산 시기가 다가오며 기대감이 커졌지만, 한편으로는
고민이 생기기 시작했다.

"나도 좋은 엄마가 될 수 있을까?"

남편에게 고민을 토로하면, "자연스럽게 엄마가 되는
거지, 굳이 그렇게 생각할 필요가 있어?"라고 대수롭지
않은 듯이 대답하고는 했다.

그런데 일생일대의 중대한 일을 앞두고 편하게 있을 수
만은 없었다. 학교에서는 공부하며 시험을 대비하고, 회
사에서도 교육 및 여러 과정을 통해 프로젝트를 준비한
다. 그런데 하물며 한 생명을 탄생시키는 일에 가만히 있
을 수만은 없었다. 시중에 출간된 다양한 육아 서적을 독
파하고, 미리 아이 씻기기 등 키우기를 실습할 수 있는 과
정도 다녀보았다. 그렇지만 뭔가 부족하다는 생각을 지울

수 없었다.

그런 다양한 활동을 통한 경험보다 스스로 '난 좋은 엄마가 될 수 있다.'란 믿음이 필요했다. 내가 생각하는 좋은 엄마란 '아이에게 따뜻한 마음으로 사랑을 주면서 생애 본보기가 될 수 있는 사람'이었다. 그런데 어린 시절 사랑을 충분하게 받아보지 못한 경험으로 인해, 내가 아이에게 제대로 된 사랑을 줄 수 있을까에 대한 끝없는 의문이 생겼다. 내 아이 만큼은 절대 그런 감정을 느끼게 하고 싶지 않은데, '내가 아무리 노력해도 아이가 부족함을 느끼게 된다면?'이란 답이 나오지 않는 질문을 스스로 계속 던졌던 것이었다.

친구에게 우스갯소리로 "엄마 자격증이 생겼으면 좋겠어."라고 말한 적이 있다. 자신에게 의문이 들 때마다 자격증이라도 보며 힘을 내고 싶다는 의미로 한 말이었다. 그러나 그런 자격증이 실제로 있다고 해도 고민은 끝나지 않았을 것 같다.

지금 와서 생각해 보면 출산 전은 아무 고민 없이 즐거운 마음으로 아이를 기다려도 되는 시간이다. 고민해도 어차피 답은 나오지 않고, 실전에 맞닥뜨려야 알 수 있는 부분도 많기 때문이다. 아름다운 음악을 들으며 좋은 육아 서적을 읽고, 운동을 꾸준히 한다면 그것만으로도 충분할 것 같다.

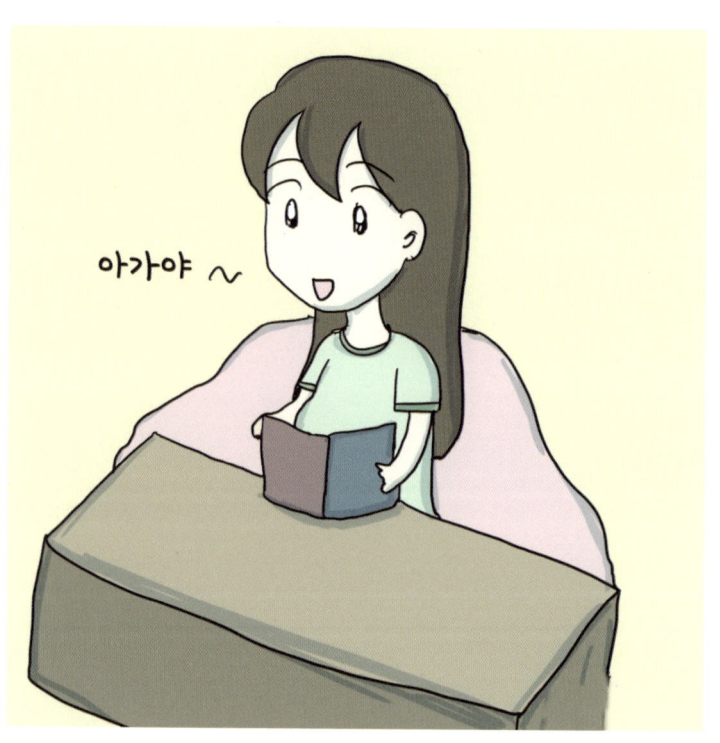

아가야 ～

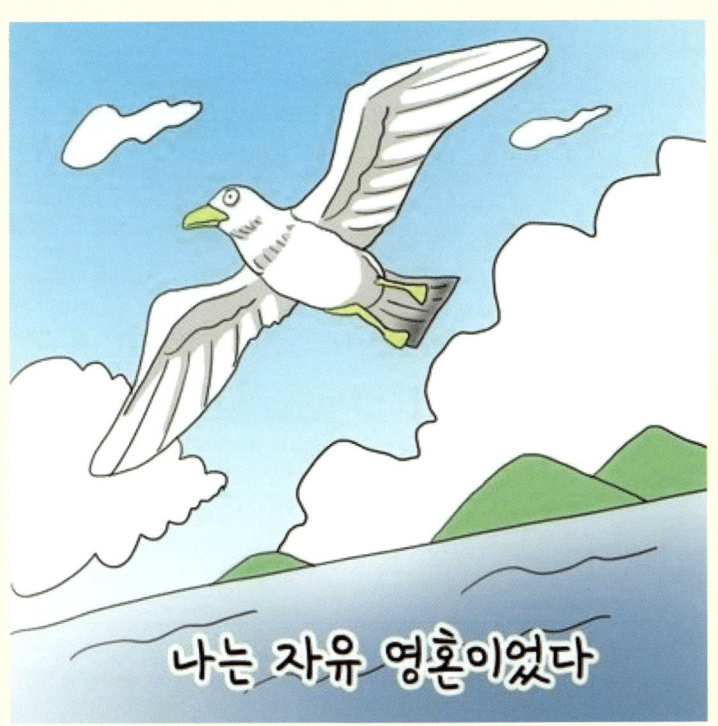

＊ ＊ ＊

아이를 키우며 어린 시절의 과거가 떠오르기 시작했다. 어떻게 보면 그동안 기억 깊숙한 곳에 감추고 보지 않으며 살려고 했었지만, 육아를 하며 자연스럽게 생각이 나게 되었다.

삼 남매의 둘째로 태어난 나는 한 살 위인 언니와 한참 어린 남동생에 비해 부모님께 관심을 덜 받고 자랐다. 다른 사람들과 비교해서 행복하게 자란 편이라고 해도, 집에 비교 대상이 있으면 상대적으로 불행하다고 느끼게 되는 것 같다.

초등학교 저학년 때까지 그런 걸 잘 느끼지 못하다가, 고학년에 들어서며 부모님이 언니와 남동생과 다르게 대한다는 사실을 알아차리기 시작했다.

'나는 사랑받을 자격이 없나?'

'내가 못나서 부모님이 안 좋아하시는 걸까?'

'부모님께도 사랑을 못 받으면 누구에게 받을 수 있을까?'

이런 답이 나오지 않는 고민을 끊임없이 하던 시기를
보냈다. 그럴 때면 '부모님은 날 사랑하실까?'라는 스스로
한 질문에 '당연하지, 많이 사랑하실 거야.'라고 자문자답
을 하며 마음을 달래곤 했다.

그러던 어느 날 내가 스무 살이 되던 해 아버지가 따로
부르시더니 이런 말씀을 하셨다.

"솔직히 너 어떻게 크는지 엄마랑 아빠가 별로 관심 없
었는데, 생각보다 잘 자라줘서 고맙다."

이 말을 듣고 스스로 고민하던 물음에 대한 해답을 찾
았고, 붙들고 있던 감정의 끈을 놓는 계기가 되었다. 부모
님의 말씀, 행동 하나하나에 의미를 두고 사랑을 확인하

는 시간을 보냈던 학창시절 마음의 끈을 매듭지었다. 집과 나 자신을 분리하여 생각하며 살게 된 것이다.

그 이후로 어느 것에도 더 감정이 얽매이지 않는 자유로운 영혼이 되었다. 사랑받고 사랑을 주는 관계에서 벗어나서, 한군데에 정착하지 않고 유유자적 바람 속 공기처럼 어딘가로 떠나가는 마음으로 살아왔던 것 같다. 회사에 취직하여 독립하고 나서는 더욱 그런 생각이 강해졌다.

그러나 사랑을 많이 원했기 때문에, 마음이 아프지 않도록 감정을 내려놓았던 나였기에 혼자 사는 동안 너무 외로웠다. 주말이 되면 가족들과 따뜻한 시간을 보내는 사람들이 너무 부러웠다. 그러다 지구보다 더 큰 사랑을 줄 것 같은 신랑을 만나 결혼하게 되었다. 고목나무처럼 항상 그 자리에서 날 바라봐주는 신랑 덕분에 사랑을 의심하지 않고 믿음을 갖는 게 가능하다는 것을 알게 되었다.

그런데 아이를 갖는다는 것에 대한 두려움은 여전히 있

었다.

내가 한 인간을 한평생 책임지고, 끊임없는 사랑을 줄수 있을까? 사랑을 주는 것보다 받는 것을 더 원하는 내가한 인간에게 무한대의 사랑을 줄 수 있을까?

확신이 없는 상태에서 아이가 생겼고, 나 자신을 잊을정도로 한 대상에게 사랑을 주어야 하는 상황이 왔다. 그러면서 어린 시절 기억이 다시 깨어났고, 육아의 어려움을 매일 느끼게 되었다.

하루하루 반복되는 육아로 체력적인 어려움을 겪는 것도 힘들었지만, 마음에서 우러나오는 근본적인 문제가 날더 힘들게 했던 것 같다.

부모님과의 정서적인 교감이 적었던 나는 남에게 의지하는 것이 상대방을 불편하게 하는 거라고 스스로 버릇처럼 생각했다. 조건 없는 사랑을 요구하는 아이를 보며 어린 시절 내가 떠올라 그 모습을 당연하게 받아들이기 힘들기도 했다.

　'난 이러지 못했던 것 같은데….'

　'난 이만한 사랑을 받지 못한 것 같은데….'

　아기가 100일이 되기 전까지 잠을 잘 자지 못하게 되기 때문에, 체력적으로 매우 힘들어서 더 그런 감정이 들었던 것 같다. 아기를 돌볼 힘을 스스로 찾아야 했지만 어린 시절 아팠던 기억, 힘들었던 기억과 온전하지 않은 나 자신을 마주하게 되어 그 시간이 더 힘겹게 느껴졌다.

　그리고 주변에 육아와 관련해 부모님의 도움을 받는 사람들이 많았는데, 가장 힘든 시기에 아이를 보러 집에 찾아오신 부모님이 육아에 도움을 하나도 안 주셨다. 아이 키우는 모습을 그저 구경하듯 바라보시는 것만 보고 더 섭섭한 마음이 들기도 했다. 시간이 흐르며 지금은 그런 생각은 들지 않고, 오히려 연로한 부모님께 기댈 생각만 했던 것 같아 죄송하기도 하다.

비록 정서적인 따뜻함을 주진 않았지만 대학교 때까지 경제적 어려움 없이 자라게 해주었고, 아이 하나 키우기도 힘든데 삼 남매를 건강히 키워주신 것만으로도 감사하게 생각하는 요즈음이다.

육아를 하며 얻은 것은 여러 가지가 있지만, 그중에 가장 큰 것을 뽑으라면 부모님에 대한 마음의 앙금이 물 흐르듯 씻겨 내려갔다는 점을 들 수 있다. 이전에는 안 해주신 것에 대한 서운함이 컸다면, 지금은 해주신 것만으로도 감사하다.

또 다른 하나는 사랑을 받는 것으로 아픔을 치유하려던 내가, 다른 대상에게 아낌없이 사랑을 줌으로써 마음을 정화할 수 있다는 사실을 깨닫게 된 것이다.

아이가 크며 엄마도 큰다는 말을 몸소 겪으며 알아가는 중이다.

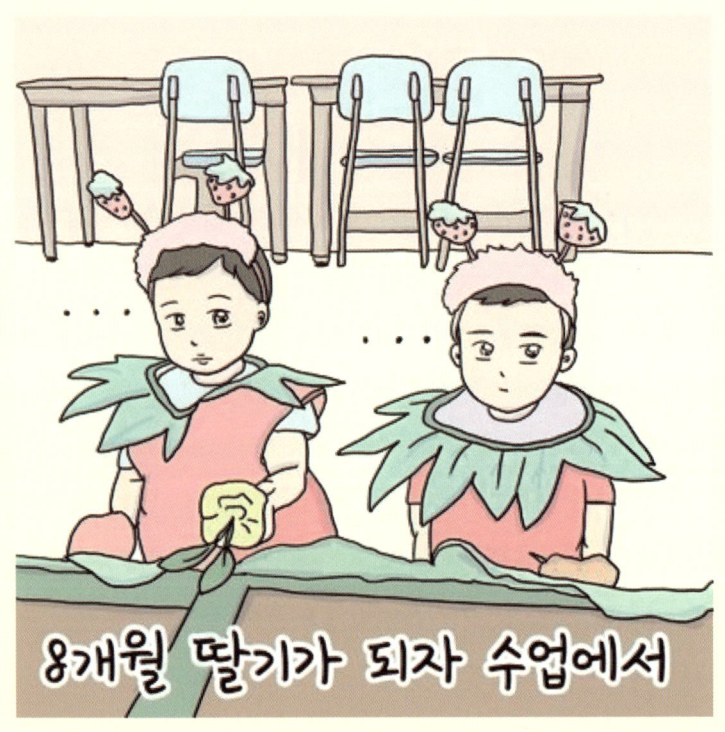

8개월 딸기가 되자 수업에서

10개월 선장되기 수업에서

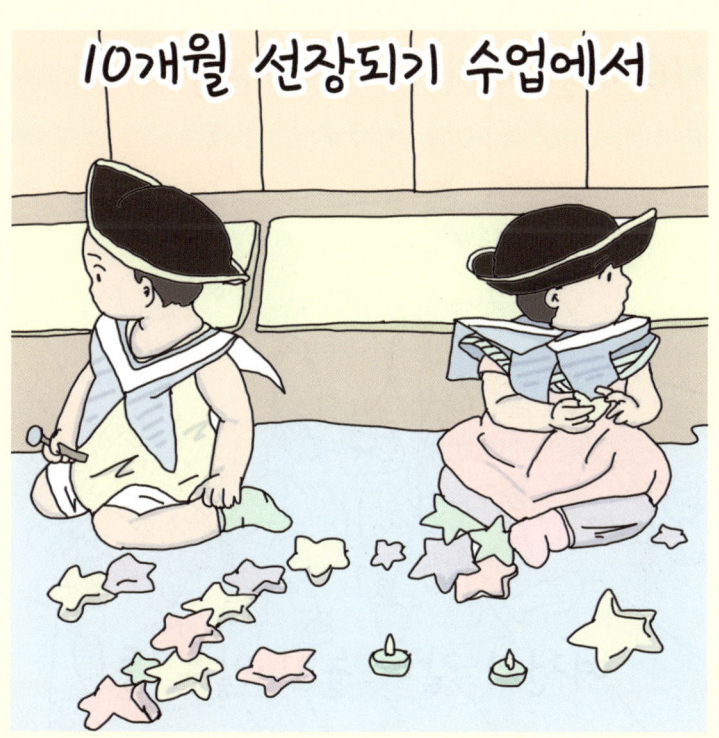

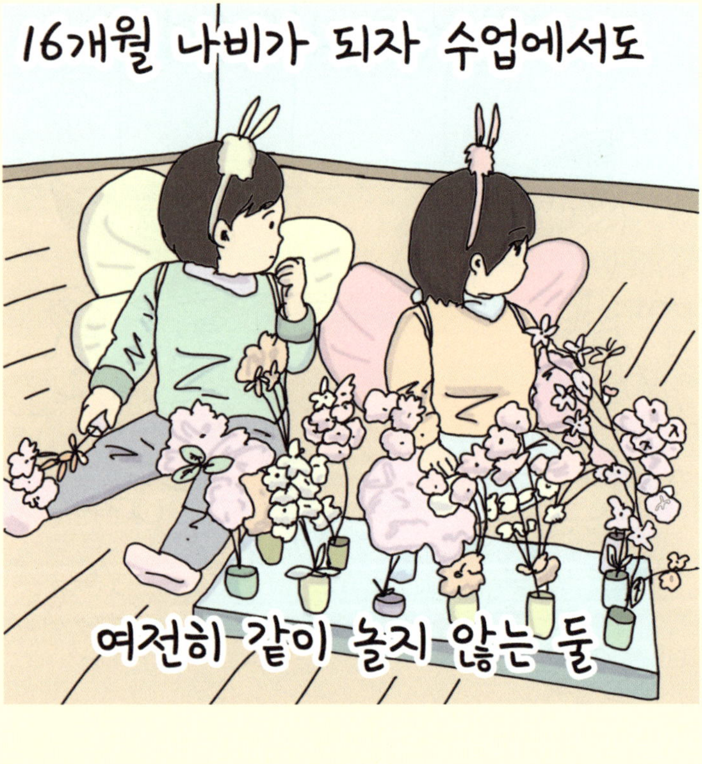
16개월 나비가 되자 수업에서도
여전히 같이 놀지 않는 둘

＊ ＊ ＊

아이가 태어나면 조리원에서부터 새로운 인간관계를 맺게 된다.

처음에는 육아 초보인 엄마들끼리 육아 정보를 공유하기 위해서 시작했다가, 아이가 어느 정도 크고 나서부터는 '또래 아이들이 같이 놀게 만들기 위해서.'라는 목적으로 관계가 이어지게 된다.

아직 사회성이 발달하지 않고 육아 전담자가 가장 편한 아이들이지만, '비슷한 또래 아이와 자주 보다 보면 친해지지 않을까?'란 기대를 엄마들은 하게 된다.

나 또한 그런 생각을 하고 문화센터에서 한 엄마와 친해지게 되었고, 몇 년 가까이 아이들이 서로 친해질 수 있도록 갖은 노력을 다해보았다.

서로의 집에서 놀게도 해보고, 키즈카페도 가보고, 놀이공원도 가보고, 공원도 가보는 등 다양한 시도를 해보았다. 그러나 아이들은 같은 공간에 있어도 다른 공간에 있는 듯 따로 놀고는 했다.

아이들이 18개월 이상이 되자 그제야 서로를 찾기 시작하고, 마음의 교류를 하는 듯 놀기 시작했다. 지금 와서 생각해보니 너무 어린아이들이 같이 놀기를 바랐던 건, 엄마들의 일방적인 바람이었던 것 같다는 생각이 든다.

어쩌면 아이들보다 엄마들이 더 외로워서 친구가 필요했던 게 아닌가 싶다. 엄마들은 육아를 하며 오롯이 아이를 위한 시간을 보내며 그동안 구축해 왔던 인간관계를 떠나 새로운 환경에 놓이게 된다. 하루 종일 대화다운 대화를 하지 못하고, 비슷한 관심사를 가진 사람을 만나기 어려운 시기에 육아 동지들 간의 만남은 기분 전환 이상의 의미였을 것이다.

그 시기에 육아를 함께했던 엄마들에게 감사하다는 생각이 든다. 돌이켜보면 그들이 가족보다도 더 힘이 되었고, 서로의 격려 덕분에 울고 웃으며 추억의 시간을 보낼 수 있었던 것 같다.

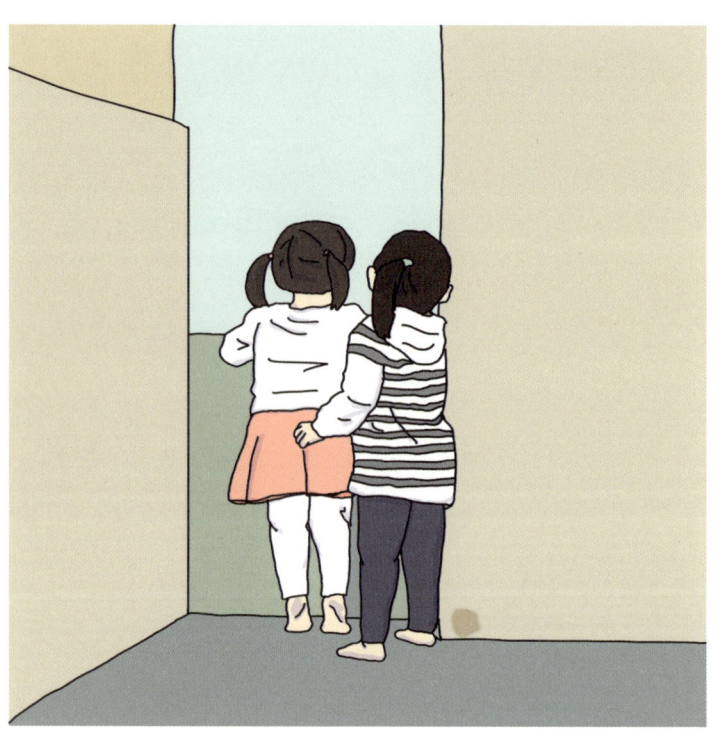

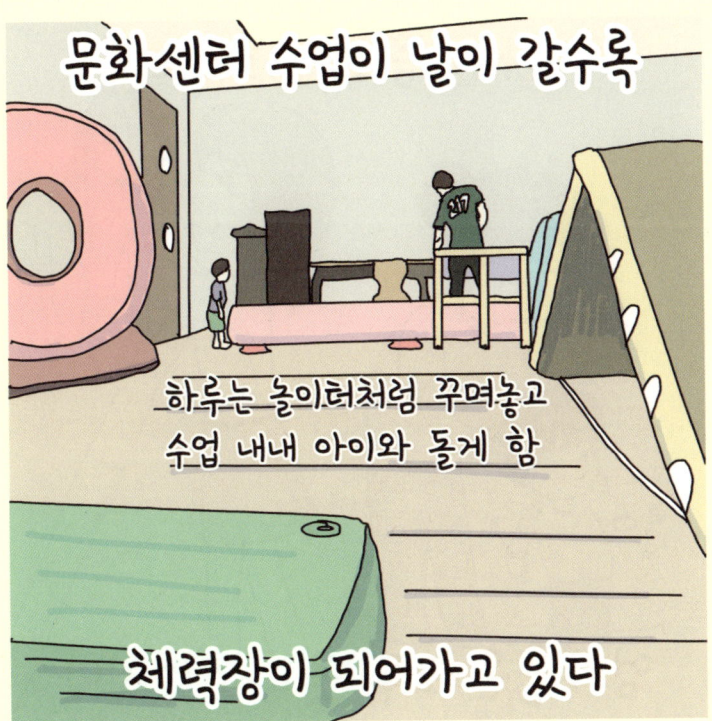

문화센터 수업이 날이 갈수록

하루는 놀이터처럼 꾸며놓고
수업 내내 아이와 돌게 함

체력장이 되어가고 있다

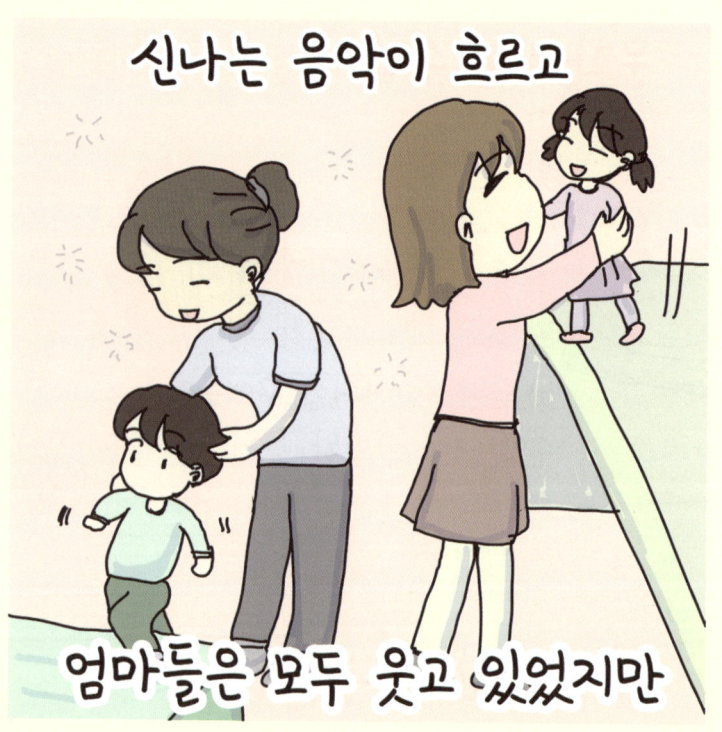

신나는 음악이 흐르고

엄마들은 모두 웃고 있었지만

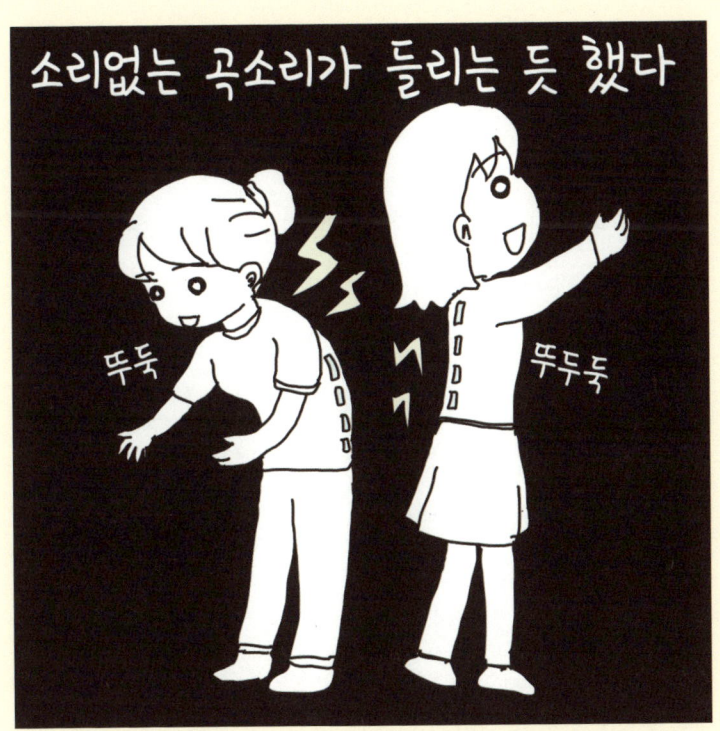

　　　　　　　　+　+　+

　　나는 취직이 잘되는 과를 졸업한 것이 아니었다. 취업
이 잘 되는 과를 선택해 졸업 전에 바로 대기업 합격 통보
를 받은 언니와는 달리, 일반 회사의 정규직 입사를 하기
까지 몇 년의 시간이 더 소요되었다. 그렇게 입사를 하니
3년 동안은 정말 야근을 안 한 날이 없을 정도로 일에 집
중해야 했고, 결혼하려고 보니 어느덧 30대가 되었다. 결
혼을 하고 나서도 한동안 일과 생활의 균형을 맞추는 시
간이 필요했고, 엄마가 막냇동생을 낳으셨던 나이에 첫
아이를 임신하게 되었다.

　　그때만 해도 체력이 좋았기 때문에 튼튼한 아이를 낳
아, 잘 키울 수 있을 거라는 자부심이 내심 있었다. 그런
생각은 아이가 돌이 지나 활동량이 많아지며 깨졌는데,
그 시기에 체력의 한계를 매우 크게 느꼈기 때문이다. 생
각해보니 엄마가 나와 언니를 키우는데 공들여 들었던 시

간만큼을, 나는 오롯이 회사 일에 쏟아부었던 것이다. 반복되는 야근과 잦은 출장에도 버텼던 나의 체력은, 아이를 낳고 키우며 급속도로 떨어지기 시작했다. 문화센터에 가서 아이 교육 수업을 들을 때 여실히 드러났는데, 다른 젊은 엄마들이 아이와 엄청나게 활발히 놀아주는 반면, 아이를 따라가는데 급급한 자신을 보며

'아…. 회사에 쏟아버렸던 힘과 열정을 일부 남겨놓아야 했어….'란 생각이 들고는 했다.

늦게 결혼하고 나중에 출산할수록 경제적으로 더 안정된 삶을 아이에게 제공해줄 수 있고, 사회에서 어느 정도 입지를 다진 이후에 육아휴직을 할 수 있으니 장점이 많다고도 할 수 있다. 그런데 체력적인 부분에서는 아무래도 젊은 나이에 임신과 육아를 하는 사람이 더 수월할 것이라는 생각이 든다.

주변에 늦은 나이에 출산을 준비하는 사람에게 이전에

는 "잘 할 거야, 파이팅!"이라고 이야기했다면, 지금은 "그런데 미리 운동도 좀 해둬~ 그럼 더 많은 도움이 될 거야!"라고 덧붙여 말하고는 한다.

당연한 것처럼 느껴졌던 좋았던 체력은 나이가 들며 어느덧 줄어들기 시작하므로, 체력이 필요한 시기를 위해 미리 대비하는 것이 미래를 위한 방법인 것 같다.

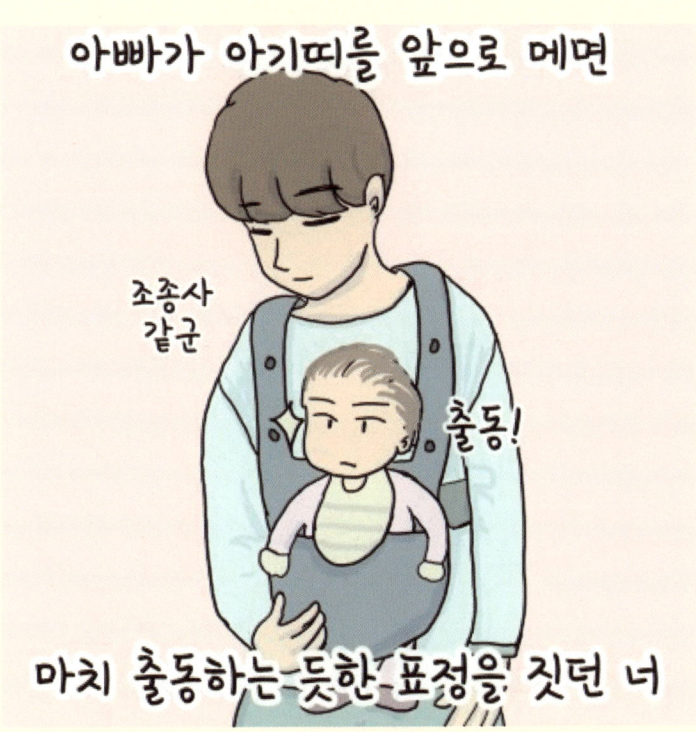

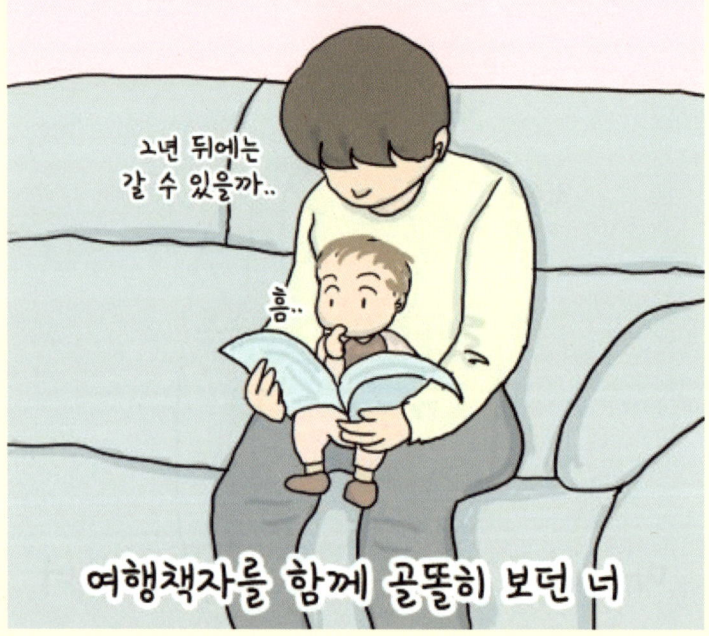

아빠와 같은 곳을 바라보던 너

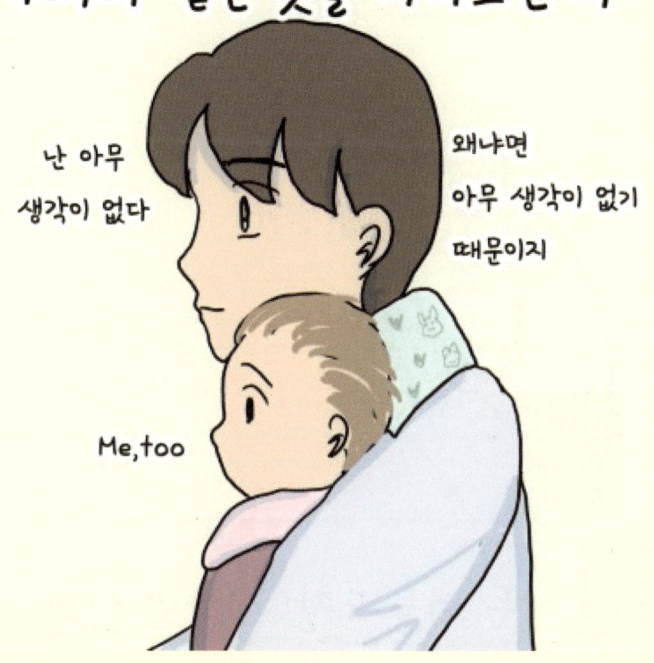

난 아무
생각이 없다

왜냐면
아무 생각이 없기
때문이지

Me,too

너의 모습을 하나하나 기록하겠다며

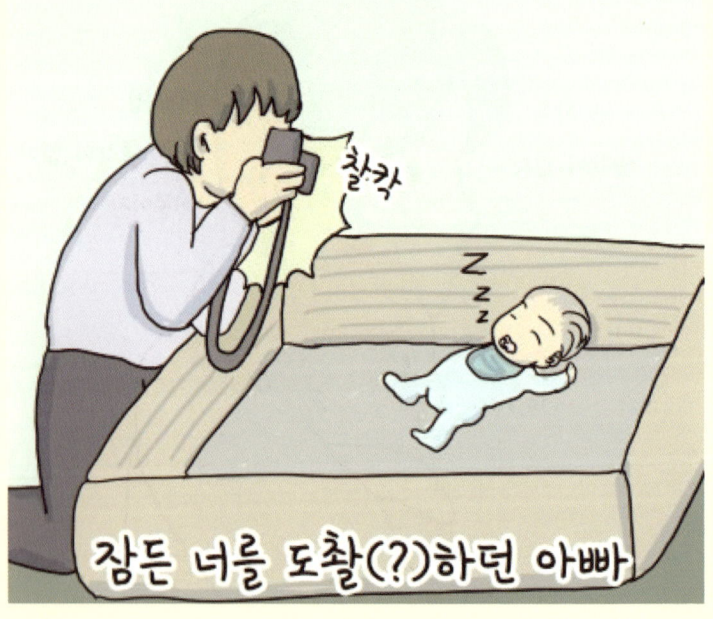

잠든 너를 도촬(?)하던 아빠

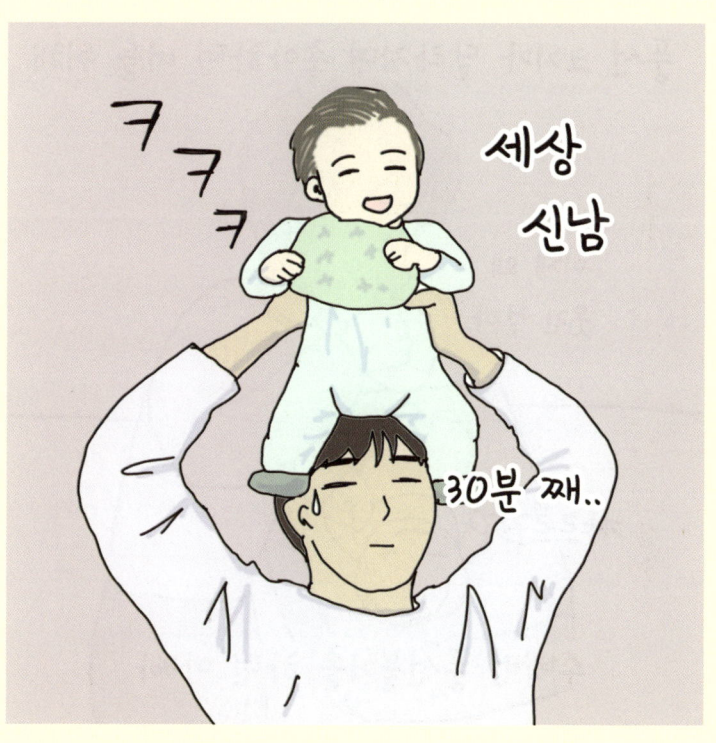

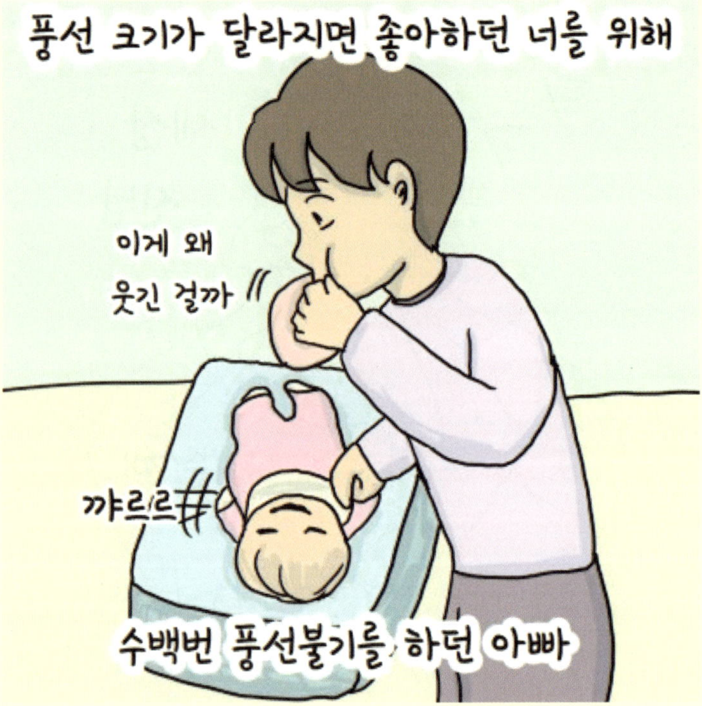
풍선 크기가 달라지면 좋아하던 너를 위해
이게 왜
웃긴 걸까
꺄르르
수백번 풍선불기를 하던 아빠

* * *

아이가 태어나고 100일이 되기까지가 제일 힘든 시기라고 한다. 왜냐면 통잠을 자기 전이라 밤에 수시로 아이가 깨어나기 때문이다. 새벽에도 수유를 해야 하기 때문에 만약에 엄마 혼자 아이를 돌보게 된다면, 아침부터 밤까지 제대로 쉬지 못하고 육아를 할 수밖에 없다. 지금은 일이 바빠 얼굴도 보기 힘든 상황이지만, 다행히 그 무렵 남편에게 시간적 여유가 있었기에 많은 도움을 받을 수 있었다. 그 당시 우리는 전우애를 가지고 한 명이 아이를 보면 한 명이 쉬는 시간을 가지며 아이를 보는 데 최선을 다했다. 어떤 날은 서로의 얼굴을 보기 힘들 때도 있을 정도였다. 그 당시에 찍어놓은 사진이 많은데, 내가 사랑하는 아이와 남편이 함께하는 모습을 보는 것만으로도 기분이 좋아지게 되었다.

지금은 주중에 일이 바빠 아이가 자는 시간에 오면 얼

굴 보기도 힘들고, 주말에는 쉬느라 아이 기대보다 덜 놀
아주는 아빠가 되었다. 그럴 때면 주말에 아빠와 하고 싶
은 게 많았는데, 하나도 못했다며 아이는 토라지곤 했다.

"아빠는 맨날 바빠서 하고 싶다고 한 거 하나도 안 해주
네."

"아빠가 너 어렸을 때는 정말 많이 돌봐줬어~."

"정말?"

"어~ 엄마가 새벽에 자러 들어가면, 잠이 깨서 말똥말
똥한 너를 동틀 때까지 옆에서 지켜봐주곤 했어."

"새벽에! 아빠 정말 힘들었겠다~."

"그걸 한 3개월 정도 계속 했었으니까~."

이렇게 이야기하면 아이는 한동안 기억나지 않는 어린 시절을 돌이켜보려고 하듯이 멍하니 생각에 잠기곤 했다. '아빠가 나를 새벽에 힘들게 돌봐줬구나'라고 피상적으로 받아들이기만 한 것이 아니라, 자신에게 온 사랑을 다 준 시기가 있었다고 여기는 듯했다. 그럼으로써 지금의 아쉬움을 잊는 모양이었다. 비록 지금은 구름 속에 뿌연 안개처럼 잡히지 않는 추억이겠지만, 그 시절 함께했던 시간이 많았다는 것은 기억해 주길 바래본다.

육아가 준 찬란한 기억

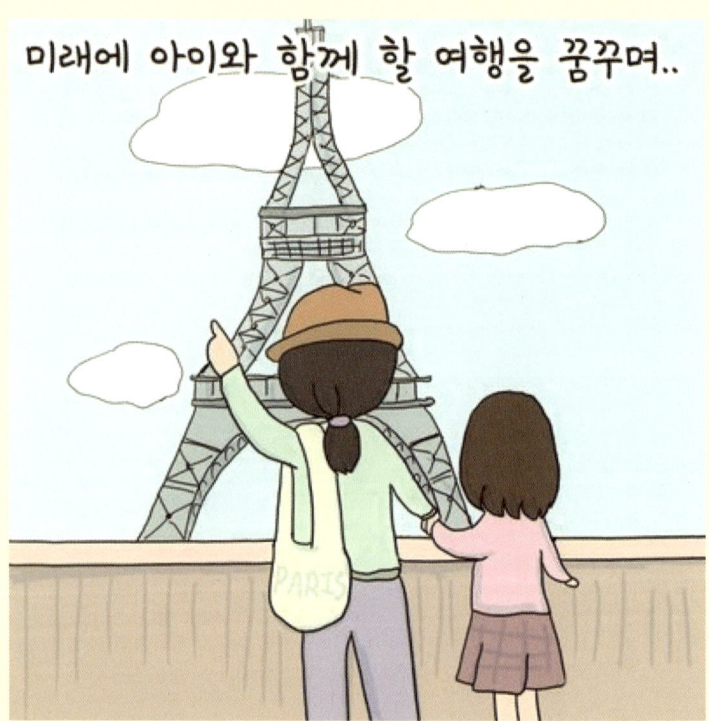

＊ ＊ ＊

아이가 돌이 되기까지의 시간을 돌이켜보면 외로웠고
힘들었던 기억이 많다. 10년의 회사생활 동안 평일에 일
하고 주말에는 재충전하는 나만의 시간을 보내는 데 익숙
했던 나는, 아이를 키울수록 나 자신이 없어지는 순간을
경험하며 더 어려움을 느꼈던 것 같다.

그리고 주변에 도움을 받을 데가 전혀 없었기 때문에
신랑만이 유일한 독박육아의 해결사였는데, 평일에 야근
하고 주말에 쉬어야 다음 주에 열심히 일할 수 있다는 것
을 그 누구보다 잘 알고 있었으므로 많은 기대를 할 수 없
었다.

신혼 시절에는 누구보다 많은 시간을 함께했던 우리지
만, 서로의 육아 대체자가 되어야 했기에 한 사람이 아이
를 보면 한 사람은 쉬어야 하는 날들이 이어졌다. 서로 함

께하는 시간보다는 혼자 있을 때 더 쉴 수 있었기 때문에, 서로 간에 나누는 말수조차 줄어들게 되었다.

그리고 주변에 아기 엄마들은 모두 친정 시댁 도움을 조금이라도 받고 있었기에 육아로 힘들 때마다 부모님께 조그마한 기대를 하게 되기도 했지만, 가끔 오셨을 때도 기저귀조차 갈아주시지 않는 것을 보고 어쩔 수 없이 서운한 마음이 들기도 했다.

그럼에도 불구하고 인생에서 가장 값진 일을 꼽는다면 '아이를 낳은 일'이 될 것이다. 나름 여러 일을 겪었지만, 한 생명을 만나고 키우는 것만큼 경이롭고 신비하고 무엇과도 비교할 수 없는 행복을 주는 일은 없었던 것 같다.

비록 육아의 100중에 80이 힘듦이요 기쁨이 20이었지만, 20이 80의 어려움을 상쇄시켜줄 만큼의 큰 행복이 있었다.

아이를 키우는 행복과 함께 생각의 변화도 얻을 수 있었다. 나 자신이 누구인지 정확히 알게 되었고 부모님도 이해하게 되었으며, 남편이 아이의 아빠가 되어 내 인생에 더욱 소중한 사람이 되었다.

아이와 함께한 1년은 드라마 〈도깨비〉의 문구를 빗대보자면 '쓸쓸하지만 찬란했던' 시간이었다.

어렵고 힘든 일들이 많았지만, 아이와의 행복한 미래를 생각하며 가슴이 두근거리곤 했다. 가족 구성원이 두 명에서 세 명으로 바뀌며 만나게 될 인생이 더욱 풍성한 이야기로 꾸며질 거라는 기대감으로 가득찼다.

시간이 나서 신생아부터 돌까지의

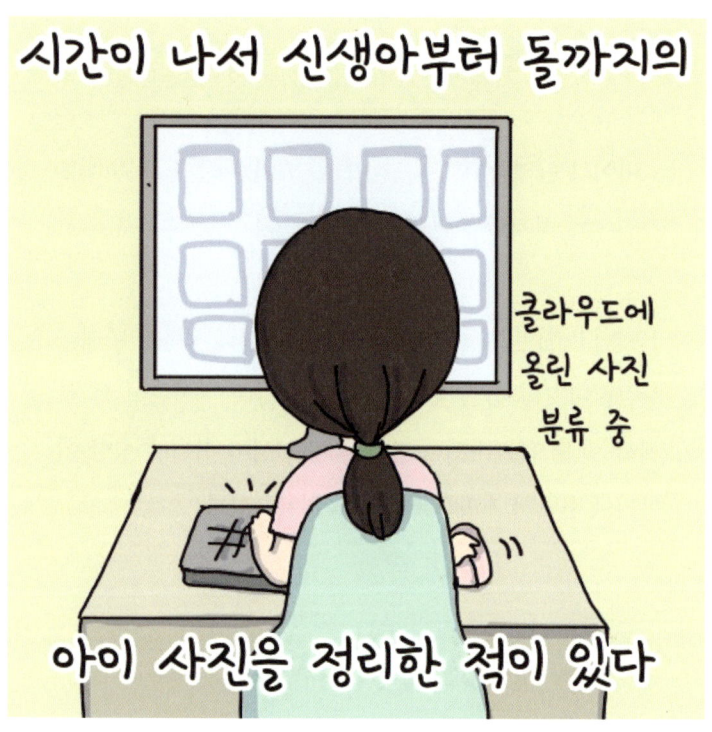

클라우드에
올린 사진
분류 중

아이 사진을 정리한 적이 있다

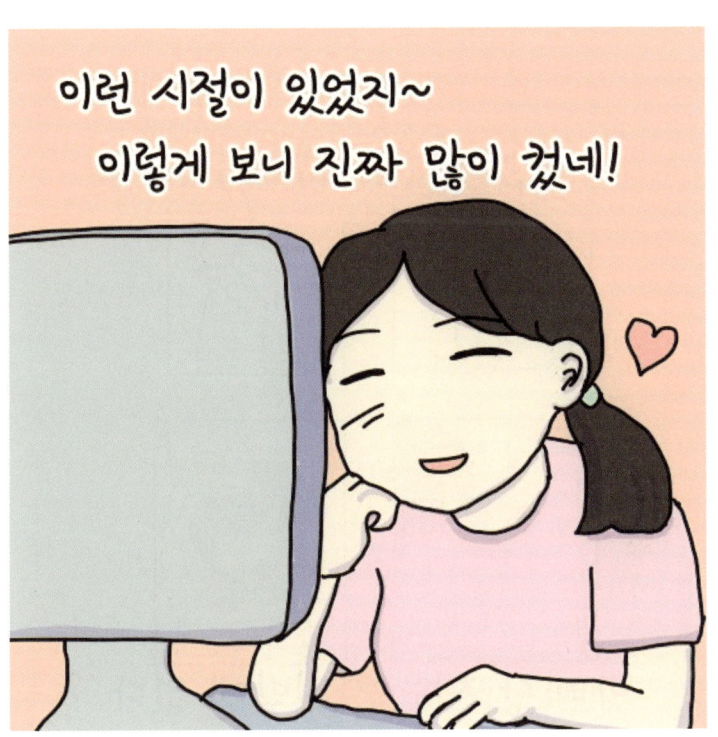

엇...? 그런데 독사진 외에는

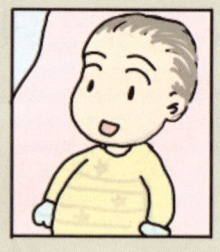 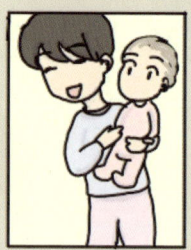

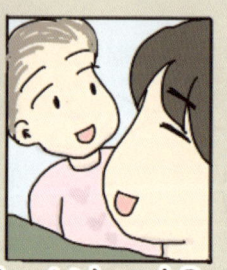 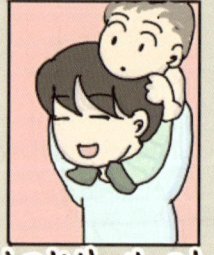

아빠랑 찍은 사진밖에 없다..?

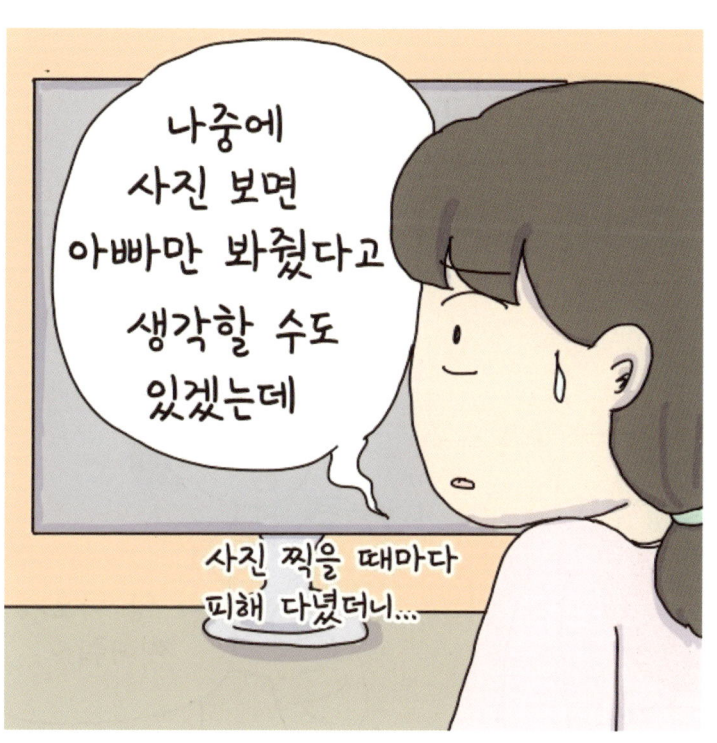

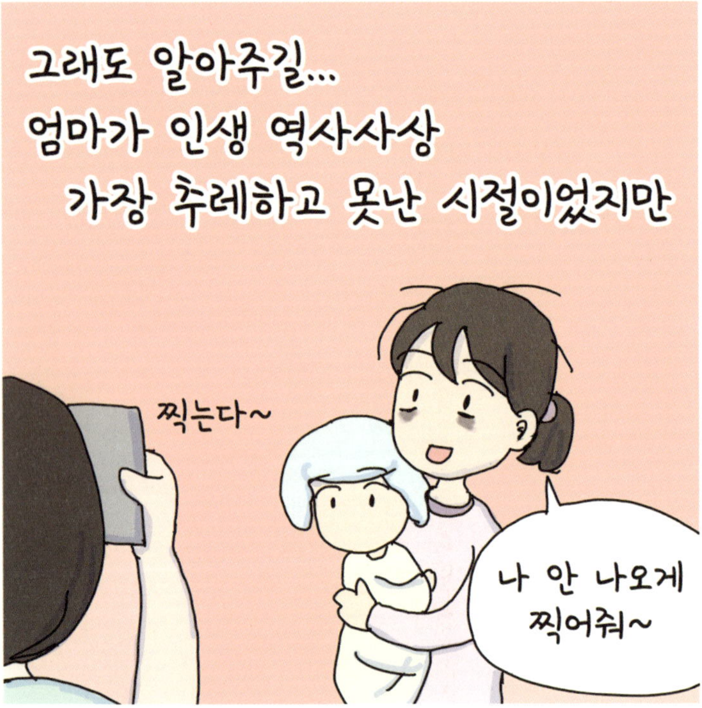
그래도 알아주길...
엄마가 인생 역사사상
가장 추레하고 못난 시절이었지만
찍는다~
나 안 나오게 찍어줘~

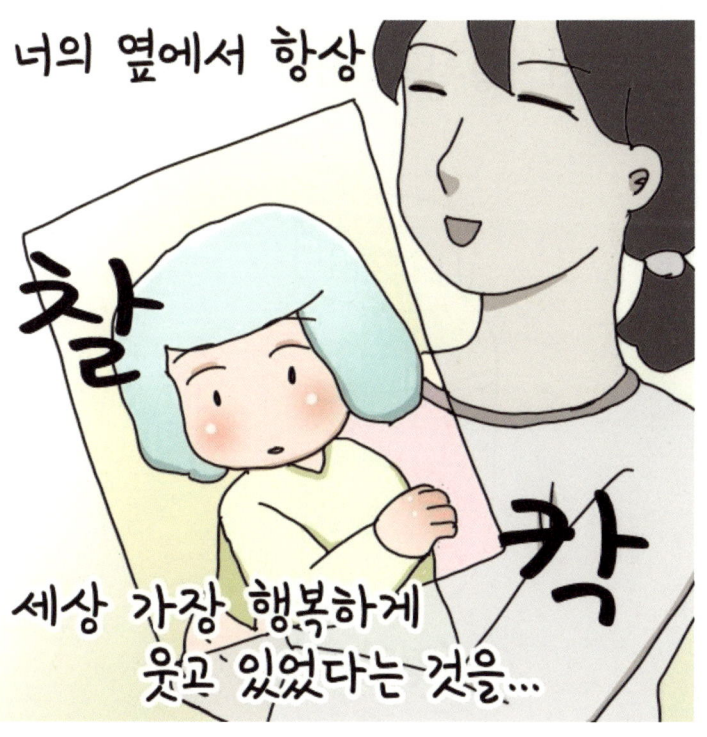

너의 옆에서 항상

찰

칵

세상 가장 행복하게
웃고 있었다는 것을...

회사 생활을 버티게 하는 힘

비타민 B, C, D

〈영양제〉

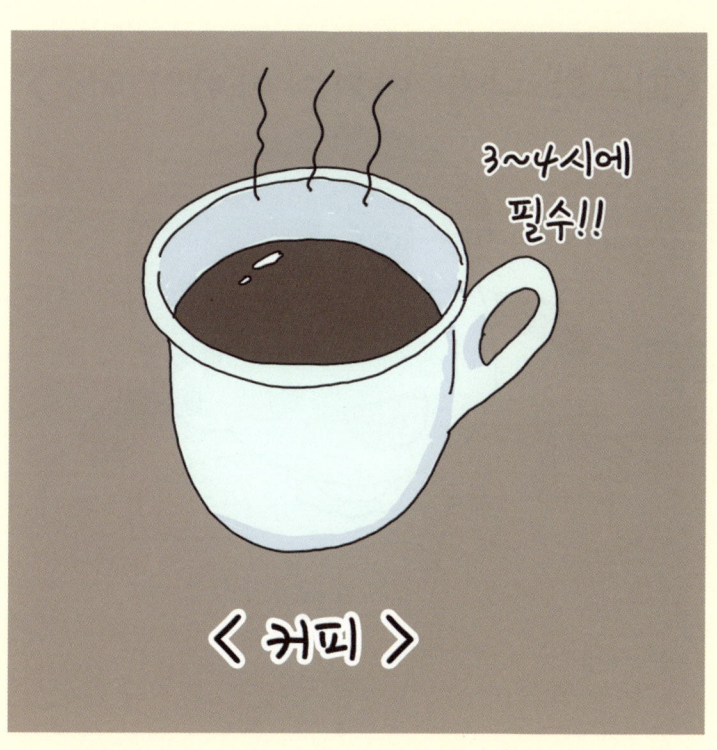

3~4시에
필수!!

〈 커피 〉

<퇴근한 나를 반기는 아이의 미소>

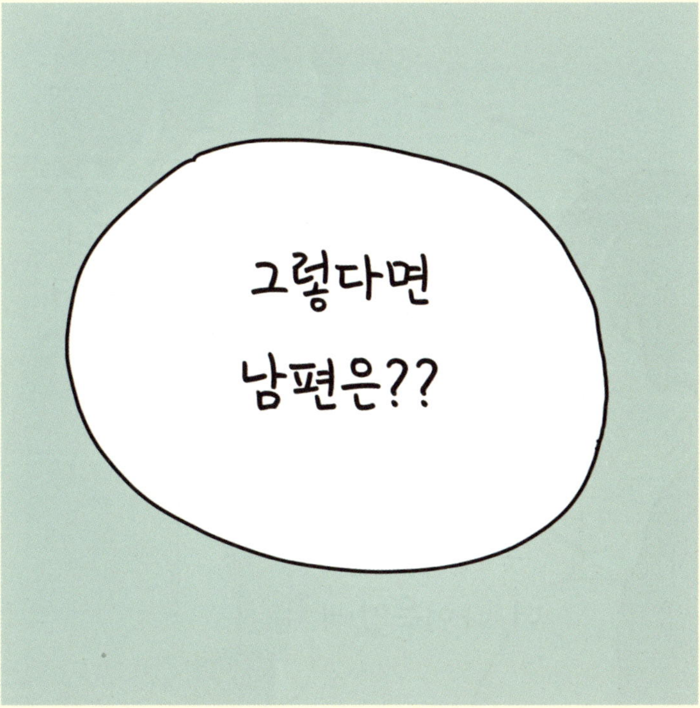
그렇다면
남편은??

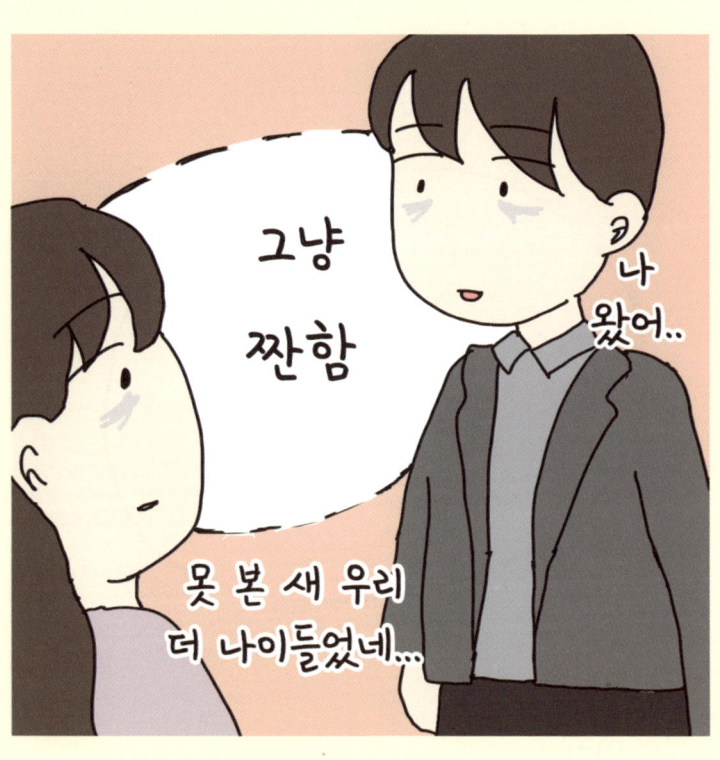

＊ ＊ ＊

　남편은 원래 다니던 회사에 만족하며 잘 다니고 있었다. 그런데 내가 육아휴직을 하고 아이와 함께 보내는 시간이 길어지자, 엄마가 집에서 아이를 전담해서 키우는 게 좋을 수도 있겠다는 생각을 하게 되었다. 그러면서 가족이 더 행복할 수 있는 방향을 고민하기 시작했다. 그러다 원래 다니던 곳보다 월급이 더 높은 곳으로 이직을 하게 되었고, 더 나은 조건과 함께 여유로운 시간을 맞바꾼 삶을 살게 되었다. 옮긴 회사는 야근을 밥 먹듯이 하는 곳이었고, 자연스럽게 남편은 일에 올인하고 나는 육아에 집중하는 삶을 살게 되었다.

　주변의 육아 참여도가 높은 아빠들을 보면 부러운 마음이 살짝 들다가도, 우리 가족의 행복을 위해 어려운 선택을 했던 남편의 마음을 이해하기 때문에, 수척해진 몸으로 퇴근해 바로 침대에 누울 때면 안쓰러운 마음이 먼저 들곤 했다.

　길다면 길다고 할 수 있는 육아휴직 기간 힘이 된 것을 뽑는다면 일상적으로는 영양제, 커피, 아이의 미소가 있고, 가끔 위안이 되었던 엄마들과의 만남이 있다. 남편은 실질적으로 큰 도움이 되지 않았지만, 우리 가족을 위해 열심히 사는 모습은 마음을 뭉클하게 하였다. 그리고 가족이 함께할 시간이 많아지기를 바라며, 세 가족이 행복할 미래를 꿈꾸며 살게 하는 원동력이 되주었다.

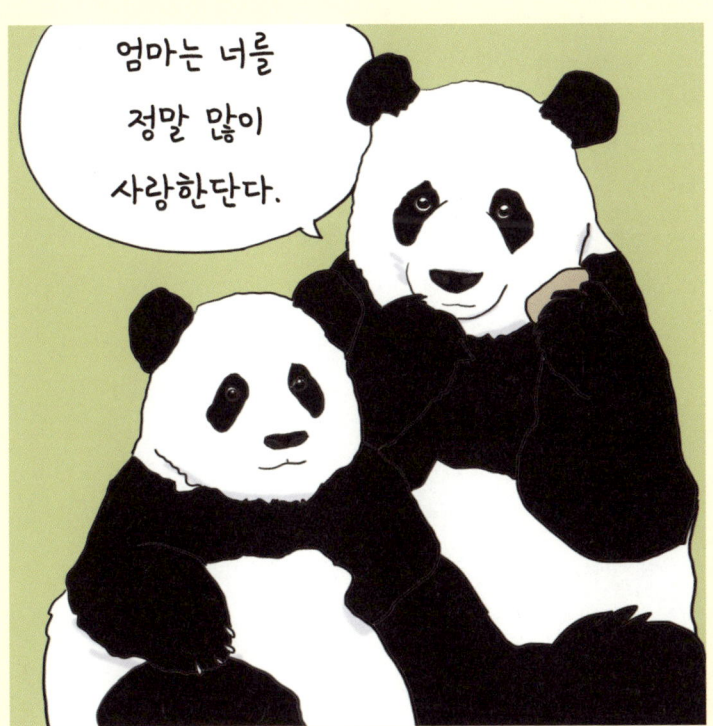

* * *

　휴직 기간 수백 번 마음이 왔다갔다했지만, 드디어 복
직을 결정하게 되었다.

　아이만 생각한다면 육아 서적에서 본 것처럼 36개월까
지는 엄마가 최대한 옆에 있어 주는 게 좋다고 생각했지
만, 주변의 여러 상황은 모두 나에게 일을 하라고 말하고
있었다.

　지금 시기에 그만두면 이만한 직장을 다시 들어가는 것
이 힘들다는 사실은, 현재의 고용시장이 말해주고 있었
다. 또한 일을 오래 한 입장에서 회사를 그만두었을 때 허
망한 감정이 들 수도 있고, 요즘같이 맞벌이가 필수라고
생각되는 시대에 복직하는 게 좋다는 건 나 자신도 충분
히 잘 알고 있었다. 또한 IMF 시기에 잘 다니시던 은행에
서 명예퇴직을 당하신 아버지가 한번 들어간 회사는 최대

한 오래 다니는 게 좋다며 어렸을 때부터 누누이 말씀하셨기 때문에, 일종의 세뇌같이 머리에 박혀버린 것도 있었다. 그런데 이런저런 걱정으로 흔들리는 내게 주변 어르신이 한 말은 큰 상처가 되었다.

"나는 다 할 수 있을 것 같은데, 너는 왜 그러니?"

그런데 정작 그분은 아이가 어렸을 때 계속 아이 옆에 있어 주신 분이었다. 아이가 어느 정도 큰 후 일을 시작하셨지만, 본인의 과거는 생각 안 하시고 쉽게 말씀하셨다.

그리고 또 다른 어르신은 "요새 출산휴가 3개월만 쓰고 일 나가거나, 육아휴직 1년 하고 바로 복직하는 여자들도 많은데 유난이구나."

라고 말씀하셨다. 성별이 남자셨던 그분은 아이를 임신하고 낳아서 키우는 엄마의 역할은 크게 염두에 두지 않고, 단지 일 생산력으로 사람의 가치를 따지셨던 것 같다.

두 어르신의 공통점은 전업주부이신 어머니가 계셨던 가정에서 태어나 자라셨고, 그렇지 않은 삶을 자신이 겪어보지도 않으셨으면서 너무 쉽게 생각하셨다는 것이었다. 그리고 상황에 대처하는 아이의 성향이 다 다를 수도 있는데 너무 쉽게 잘 클 거라고 단정하셨다.

나 또한 엄마가 집에 계신 환경에서 자랐었기에, 삼 남매를 맞아주시는 게 너무나 당연했던 어린 시절을 보냈다.

어린 시절에는 주변에 그런 집이 많았고, 나뿐만 아니라 주변 친구들도 학교가 끝나 어머니가 차려주신 간식을 먹으며, 학교에서 있었던 일이나 선생님께 칭찬받았던 일들을 말씀드리는 게 흔한 일과였다.

그런 환경에서 자란 내가 어린 나이의 아이를 두고 일을 나가게 되는 건 굉장히 용기가 필요한 일이고, 아이에게 내가 받은 만큼 해줄 수 없다는 사실에, 스스로 죄책감을 느끼게 된다는 걸 이해해 주셨으면 하는 바람이다.

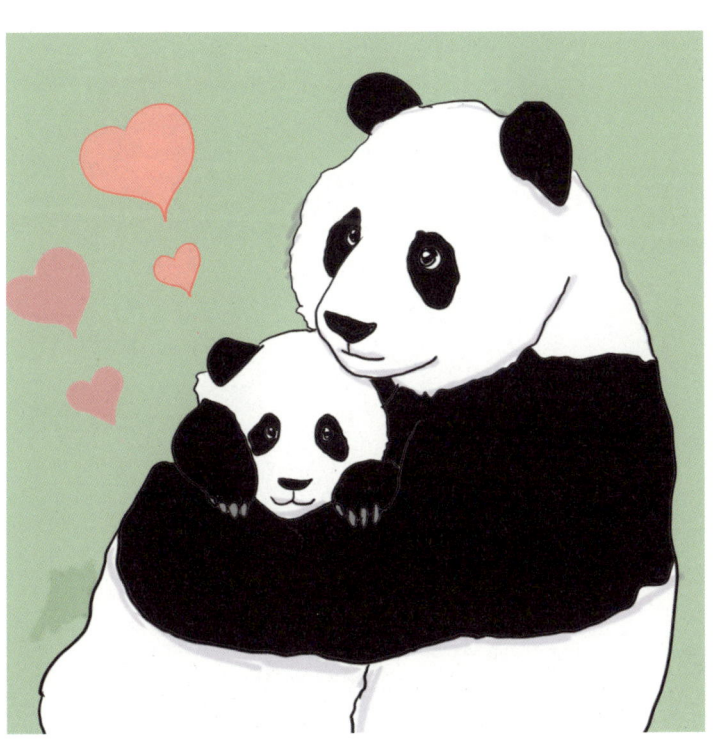

네가 태어나고 살게 된 우주

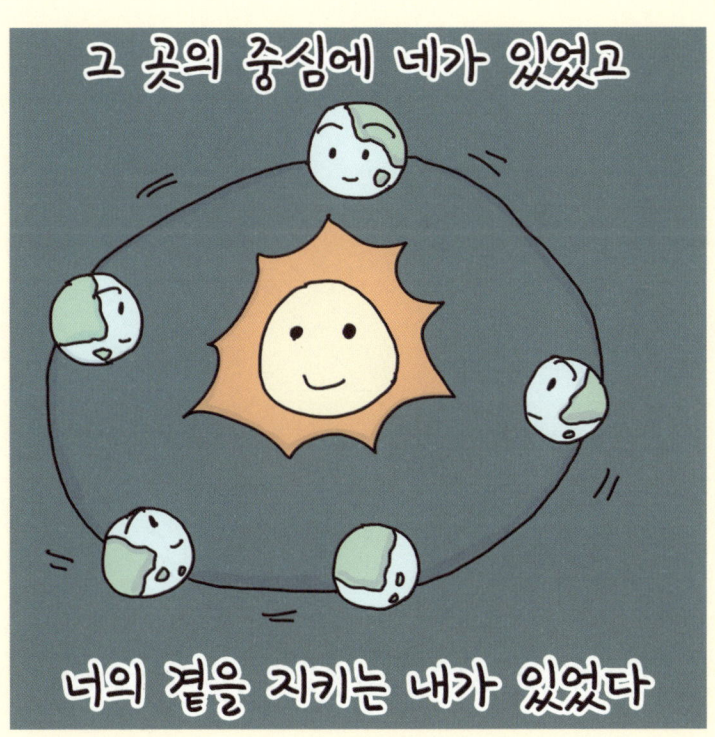

그 곳의 중심에 네가 있었고

너의 곁을 지키는 내가 있었다

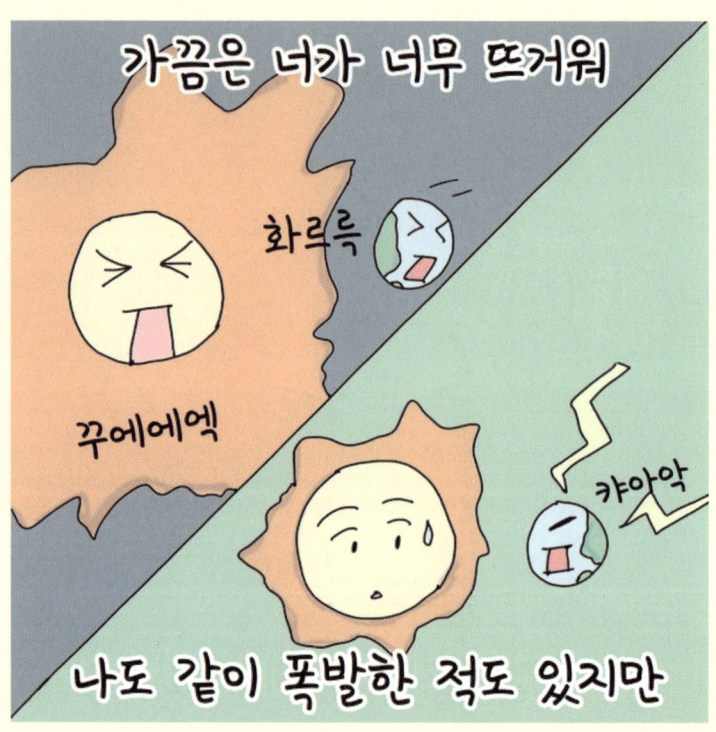

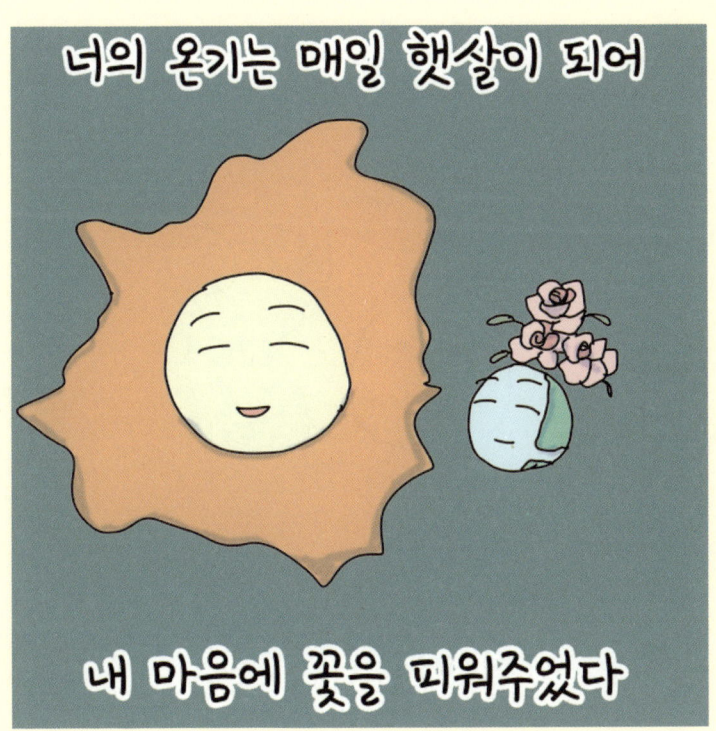

너의 온기는 매일 햇살이 되어

내 마음에 꽃을 피워주었다

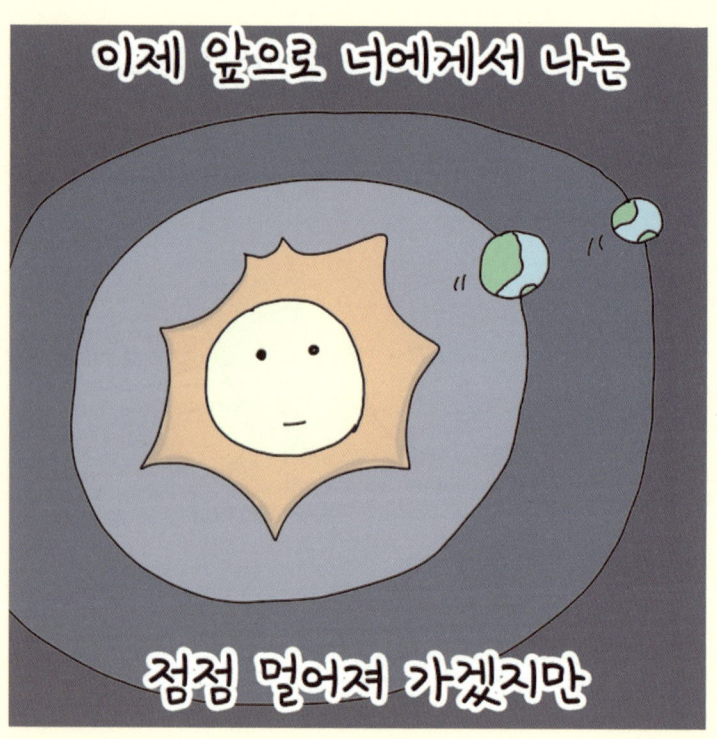

이제 앞으로 너에게서 나는

점점 멀어져 가겠지만

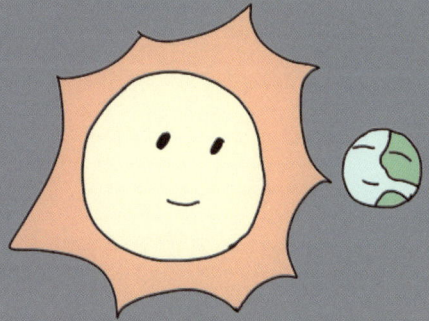

엄마의 마음은 항상 그 자리에

있다는 걸 기억해주길

"22개월이라는 기간 동안 거의 아이 옆에 있었다.

복직하며 서로 간의 거리가 점점 멀어지겠지만,

엄마의 마음은 항상 옆에 있다는 걸 알아주길⋯."

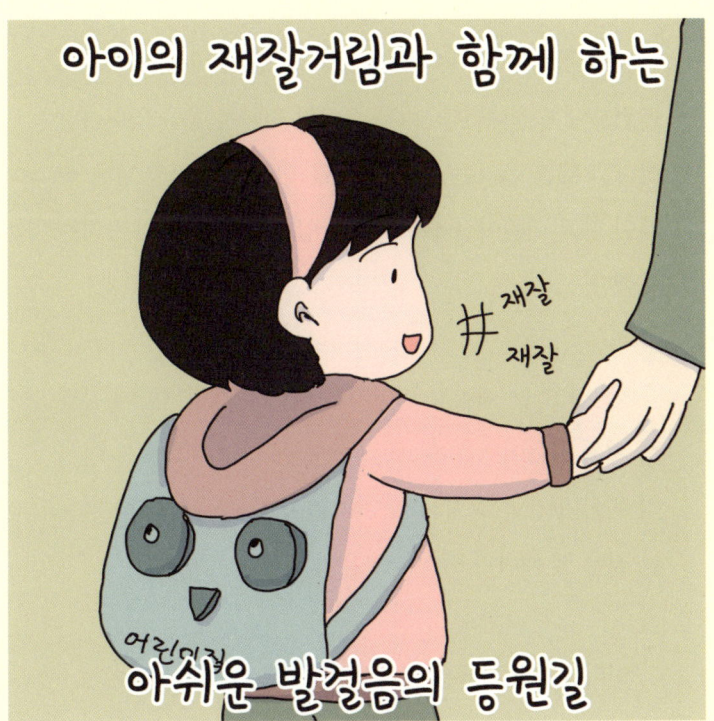

* * *

등원 전쟁의 기간이 지나가고, 아침에 나가는 과정이 이전보다 수월해졌다. 비록 본인이 원하는 옷을 입어야만 한다고 떼를 쓰기는 하지만, 같은 반 아이들과 만남을 설레어 하고 어린이집에서 하는 다양한 활동이 기대가 되는 듯했다.

퇴근하고 잘 때까지 이어지는 아이의 재잘거림에 분명히 지쳐 잠들어버렸었는데, 등원길에 다시 시작되는 아이의 이야기는 곧 듣지 못할 거라는 생각 때문인지 한 걸음 한 걸음 뗄 때마다 아쉬운 마음이 들었다.

"엄마, 저 새 이름은 뭐야?"
"와~낙엽 많이 쌓였다."
"바닥에 물이 고여 있어요~."

이런 아이의 말에 일일이 대꾸해주지 못하고 손을 잡아 끌며 어린이집으로 데려다주면, 출근길에 미안한 마음으로 가득해지곤 했다.

회사에 나와서는 주말에 더 아이를 열심히 놀아줘야지 다짐하며, 다시 또 그렇게 하루를 견뎌본다.

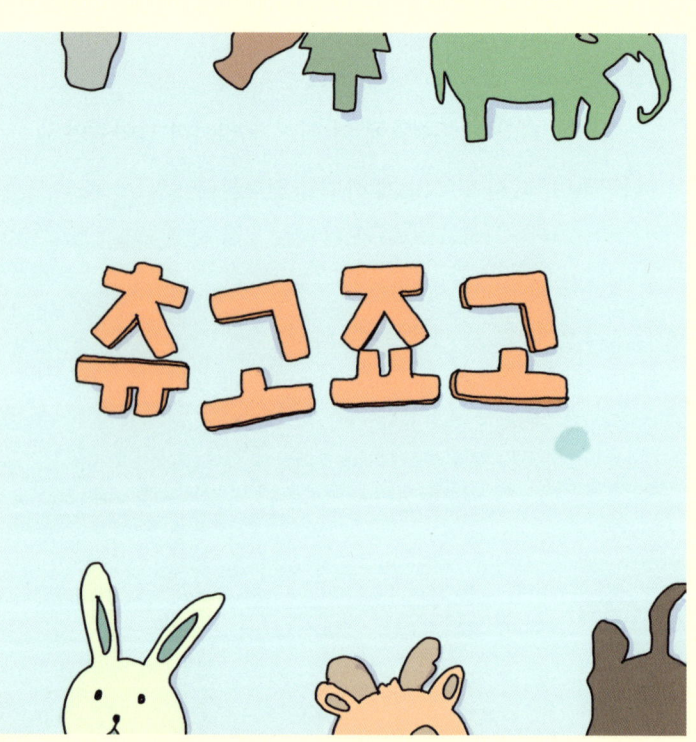

＊ ＊ ＊

아이와 함께 있다 보면 아이의 모든 첫 순간을 경험하는 경이로운 순간을 만나게 된다. 세상으로 처음 나가던 시절 창문 밖을 신기한 광경이라도 보듯 커다란 눈망울로 뚫어져라 바라보던 모습, 혼자 걸음마를 하고 너무나 신나 손뼉 치던 모습,

또래 친구들을 만나 같이 놀 때 처음으로 친구의 손을 잡고 쑥스러워하는 표정을 지을 때의 모습….

하루는 아이가 냉장고 자석 놀이를 하다 운 좋게 자음 모음을 맞춰 마치 단어(?)처럼 만들어놓은 적이 있다.

그때 스스로 감격해서 사진으로 찍어 남겨 놓았는데, 아이가 커서 보여주면 "엄마는 이런 걸 일일이 다 찍어서 보관했어?" 할지도 모를 일이다.

그러나 엄마는 그렇게 순간의 소중한 시간을 기억하려고 하게 된다.

이 순간이 다시 돌아오지 않을 시간이라는 것을 알기에….

자매가 있다면 이런 느낌일까

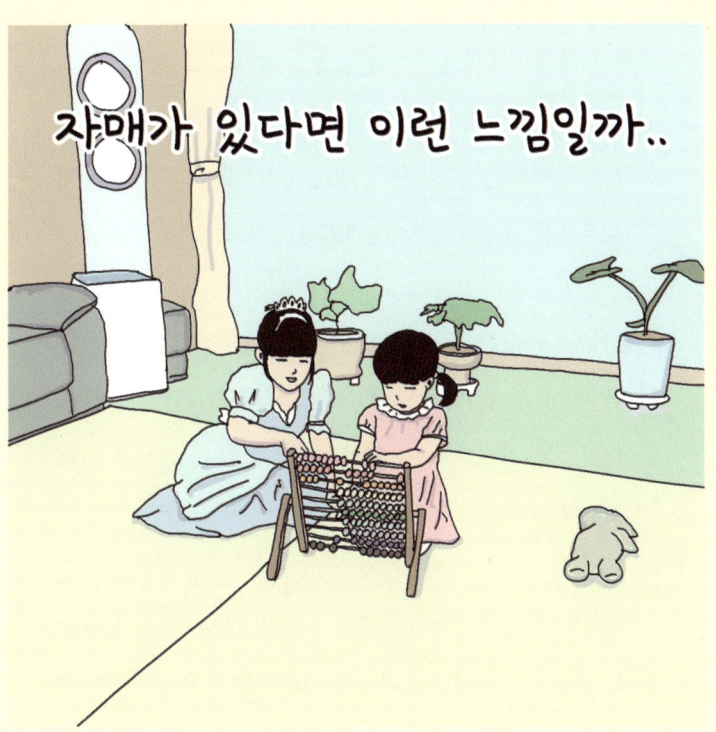

+ + +

어린 시절 언니와의 기억은 좋은 추억으로 남아 있다. 언니와 나는 늘 함께였고, 언니가 없었던 어린 시절은 상상하려고 해도 상상할 수가 없는 정도이다. 그만큼 나에게 있어서 언니는 당연한 존재였다.

겁이 없고 모든 걸 빨리하는 편이었던 언니 덕분에 놀이공원에서 첫 롤러코스터의 무서움도, 첫 스키 탈 때의 긴장감도 큰 어려움 없이 극복할 수 있었다. 그만큼 언니는 전반적으로 나의 어린 시절에 큰 영향을 미쳤다.

그런데 중·고등학교 시절을 보내며 성향이 많이 달라지기 시작하면서 다투는 시간이 많아졌다. 요즘 말로 하면 언니는 극 T이고 난 극 F였기에, 언니의 말 한마디 한마디에 상처를 받는 경우가 많아지며 점점 사이가 안 좋아지게 되었다.

회사에 취직해 서로 독립해 나가서 살게 되고 결혼을 하며 먼 거리에 살게 되면서 친구보다도 더 보기 힘든 관계가 되면서, 언니와의 어린 시절은 직접 꺼내 보지 못하면 잘 생각나지 않는 천장 위 상자 속의 엽서 같은 시간이 되었다. 그러다 아이를 키우며 문득문득 언니와의 어린 시절이 오래된 필름 영화의 한 장면처럼 눈앞에 지나가고는 했다.

오랜만에 고등학교 친구를 만났을 때 친구 딸아이와 내 아이가 즐겁게 노는 모습을 보게 되었다. 나이 차이가 별로 안 나서 그런지 처음 보자마자 사부작거리며 잘 놀았다.

'자매가 있다면 이런 느낌일까?'

아이들의 노는 모습을 보며, 잊고 지냈던 언니와의 어린 시절이 또다시 주마등처럼 스쳐 지나갔다. 이런 언니가 있다면 내가 받았던 그 느낌을 아이도 받게 되는 거겠지…. 라는 생각에 잠기게 되었다.

복직을 염두에 두고 있으므로 둘째 계획은 없지만, 어린 시절 언니와 함께한 추억을 가진 나로서 아이에게 미안한 마음이 드는 것도 사실이다.

가족과의 관계에서 느끼기 힘들더라도 주변에서라도 느낄 수 있게, 친구와 더 자주 만나 이런 자리를 만들어줘야 덜 미안할 것 같다는 생각이 들었다.

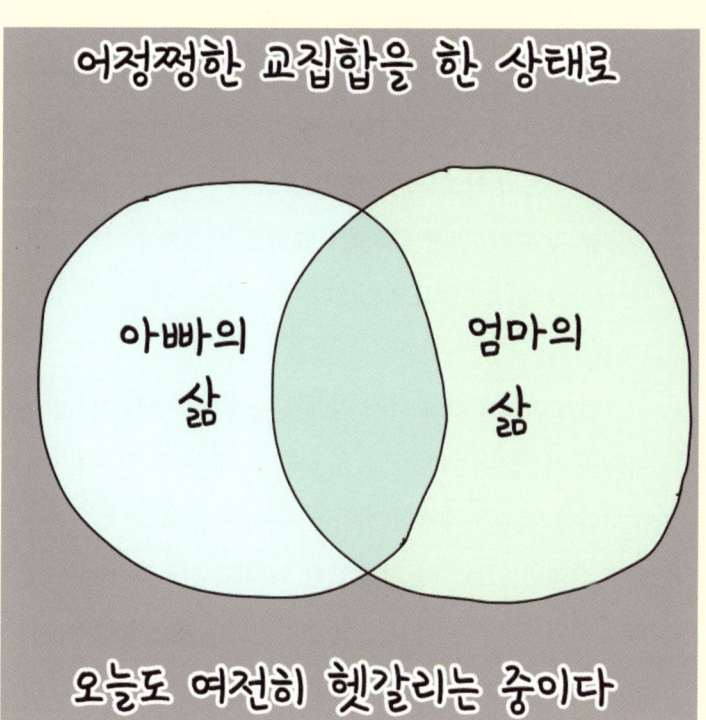

어린 시절 일하는 아빠의 모습을 보며 열심히 공부해서 사회에서 일하는 미래를 당연하게 생각하며 살아왔다. 아이를 키우는 엄마보다는 아빠의 모습에 더 나 자신을 투영했던 것 같다. 또한 학교에서도 모두 은연중에 그런 삶을 살아야 한다고 말하고 있었다.

　　그런데 아이를 낳고 나서 엄마가 나에게 해주신 것처럼 아이를 키우고 싶다는 생각을 하게 되었다. 그러나 전업주부셨던 엄마가 해주신 것처럼 아이를 전적으로 위하는 삶을 살려면 일을 그만둬야 했다. 선택의 기로 속에서 고민을 하다, 일단 두 가지를 열심히 해보는 것으로 결정을 하게 되었다.

　　복직한 지 4개월이 넘어가는 시점에 자신을 돌아보니, 일도 이전처럼 집중하지 못하고 아이에게도 최선을 다하지 못하는 나 자신을 발견했다. 그러면서 과연 내가 바라는 삶은 무엇인가? 다시 생각을 해보게 되었다.

"아빠처럼 사회에서 열심히 일하면서 살고 싶고,
엄마처럼 아이도 집에서 잘 키우고 싶은데…."

열심히 한다고 하지만 내가 바랐던 아빠의 모습과 현재 바라는 엄마의 모습 중, 그 어느 하나도 닮지 못한 어중간한 사이에 어정쩡하게 서 있는 듯한 느낌이다.

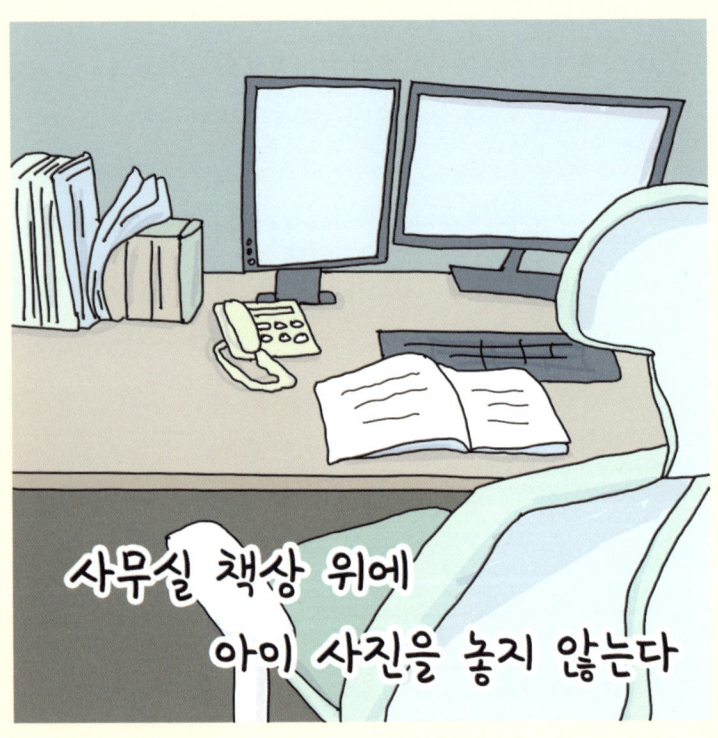

사무실 책상 위에
아이 사진을 놓지 않는다

금방이라도 보고 싶어

눈물이 날 것 같아서다

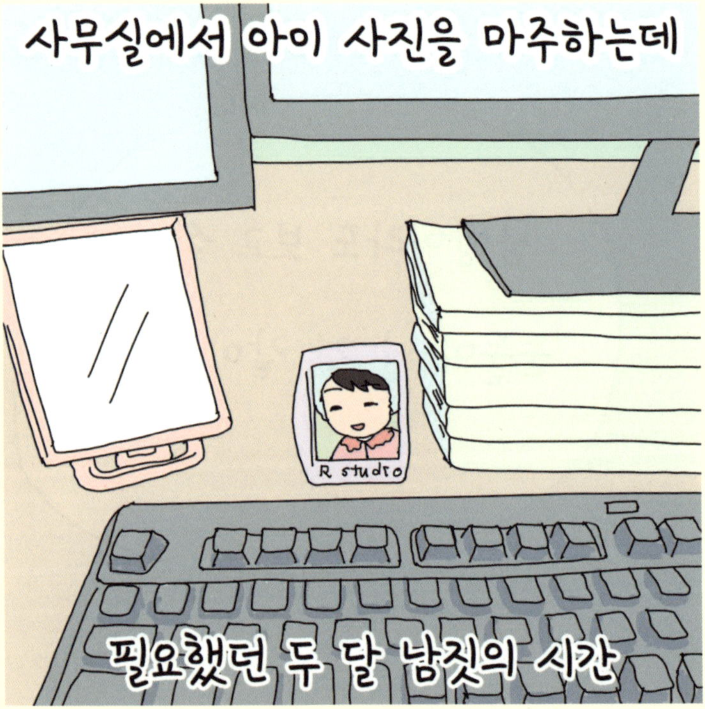
사무실에서 아이 사진을 마주하는데
R studio
필요했던 두 달 남짓의 시간

＊ ＊ ＊

복직하고 사무실 책상 위에 바로 아이 사진을 바로 놓으려고 했지만, 한동안 올려놓지 못했다. 사진만 보면 눈물이 나올 것 같았고, 엄마를 찾는 아이의 목소리가 들릴 것만 같았기에….

회사 직원 중에 아이 사진을 왜 올려놓지 않냐며 의아해하는 사람도 있었다. 실제로 아이를 키우는 엄마들은 모두 모니터 앞이나 옆쪽에 아이 사진을 꼭 배치해놓았기 때문이다.

나는 그런 말을 들을 때마다 옅은 미소를 지으며 대답을 회피하고는 했다.

두 달여의 시간이 지나자, 드디어 사무실 책상 위에서 아이 사진을 마주할 수 있게 되었다.

그런데 생각해보니 아이는 어린이집에 3개월 정도 미리 다니며, 이모님께도 어느 정도 적응을 한 상태에서 내가 복직한 것이었기 때문에 아이는 걱정했던 것보다 덜 힘들 었을 수도 있을 것이다. 어쩌면 시간이 더 필요했던 건 아이보다 엄마가 아니었을지….

내게도 아이와의 시간이 너무 익숙했던 것 같다.

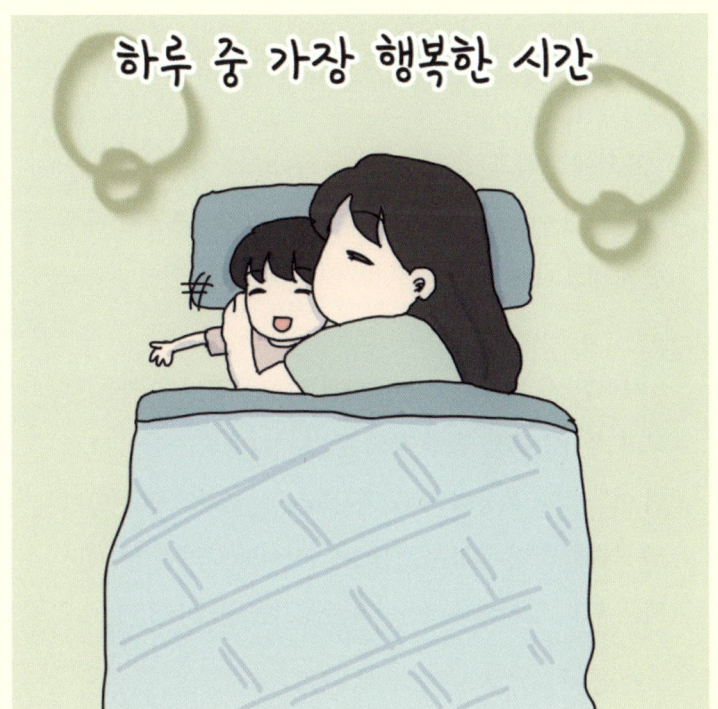

하루 중 가장 행복한 시간

＊ ＊ ＊

복직하고 시간이 빨리 흐르는 것을 오랜만에 체감했다.

평일에 일하고 집에서 아이랑 놀아주는 하루하루를 보
내다 보면 어느새 한 달이 지나가 있고, 그렇게 하루하루
를 보내고 나면 어느덧 반년의 시간이 흘러가 있었다.

복직한 지 두세 달까지는 하원 시간 무렵, 아이가 너무
보고 싶어 눈물을 흘린 적도 많았다. 다행히 시간이 흐르
며 어느 정도 적응이 되고, 생각보다 잘 자라고 있는 아이
의 모습을 보며 일하는 시간 동안 아이를 그리워하기보다
퇴근 후 더 집중해서 놀아주자는 생각을 하게 되었다.

그러나 아이가 아플 때나, 일에 치여 퇴근 후 쉬고 싶어
서 집에서 생각보다 육아에 집중하지 못하는 나 자신을
발견할 때면, 미안한 마음이 자책감으로 변하며 나를 짓

누르곤 했다.

그렇게 죄책감에 휩싸인 채 아이와 잠자리에 들며 하루의
마무리를 하려고 할 때, 아이가 아무렇지 않다는 표정으로

"엄마 사랑해~ 엄마 다 좋아~."

라고 해주면 하루 동안 여러 감정으로 점철되어 응어리
졌던 마음이 녹아내리곤 했다.

"엄마도 많이 사랑해~."

라고 말하며 아이를 꼭 안으면, 내가 하루 동안 행동으
로 충분히 보여주지 못한 '사랑한다.'라는 의미를 마음으
로 전해주는 것 같은 느낌이 들었다.

아이와 나의 시간이 공존하는 같이 잠드는 밤이, 내게
는 하루 중 가장 행복한 시간이다.

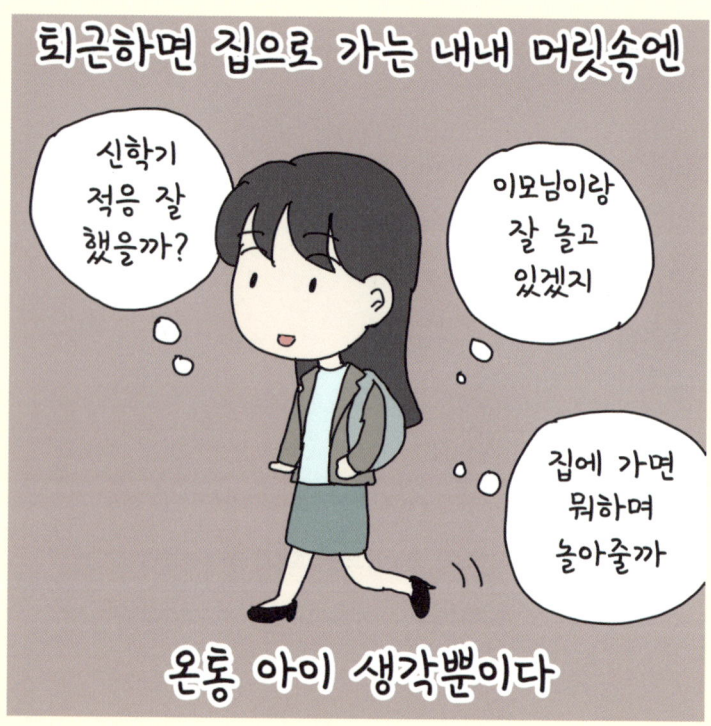

엄마가 되러 가는 퇴근길

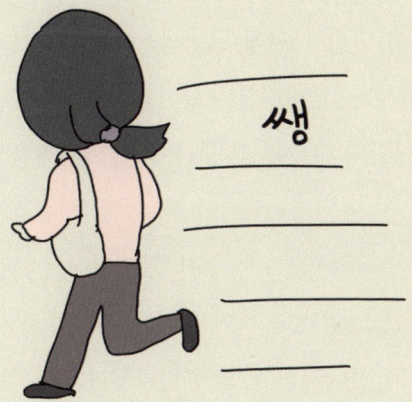

쌩

나도 모르게 발걸음이 빨라진다

＊ ＊ ＊

아이가 태어나기 전에 회사에서 일할 때는 퇴근 후에
나를 위한 시간을 오롯이 보내고는 했다. 일하느라 못했
던 취미활동을 하고 푹 쉬는 시간을 보내거나, 아니면 친
구들을 만나 스트레스를 해소하는 시간 등을 보냈다. 그
런데 복직 후 퇴근길은 육아를 하러 가는 길이 되기 때문
에, 나만의 시간을 즐기기는 힘들어지게 되었다.

집에 도착하면 7시~8시 정도 되어서 늦은 저녁을 먹기
일쑤였고, 그러고 나면 살이 급속도로 쪘기 때문에 대충
때우고 지나가는 날들이 많아졌다. 육아휴직 기간 온종
일 육아를 했던 나로서는 퇴근 후의 시간도 매우 짧게 느
껴졌기 때문에, 최대한 열정적으로 아이와 놀아주다 보면
어느새 재우는 시간이 되고는 했다. 그렇게 10시 정도에
자는 아이의 뒷모습을 바라보며 한동안 숨을 고르고 나
면, 그 이후에는 밀려있던 집안일을 해야 했다. 이모님은

아이 돌봄만 해주시는 분이고 가사나 집안일은 나의 몫이
었기 때문이다.

　그렇게 몇 개월의 시간을 반복적으로 보내다 보면, 가
끔 퇴근길에 눈물이 나거나 남편에게 서운한 감정을 느끼
게 될 때도 있었다. 다 이렇게 될 것을 알고 시작한 일이
었지만, 그래도 몸이 힘들 때 곁에 도와주는 사람이 없다
는 것은 서러운 감정이 들 때도 있었다. 그렇지만 다음날
툭툭 털고 일어나 또 하루를 시작하면, 퇴근 시간에 아이
를 만날 생각에 들뜨는 엄마의 모습으로 돌아갔다.

　"하루 종일 아이는 무엇을 했을까?"

　"오늘 현장체험 학습하러 가는 날인데 재미있었을까?"

　"지금 시간이면 이모님과 만날 시간인데 즐겁게 지내고
있겠지?"

등등 이런저런 생각을 하다 보면 퇴근 시간이 되었고, 집으로 가는 길이 설렘과 기대감으로 가득 차게 되었다.

엄마가 되러 가는 퇴근길, 누구보다 힘차게 집을 향해 빠른 발걸음을 내딛는다.

아이가 차려주는 밥상

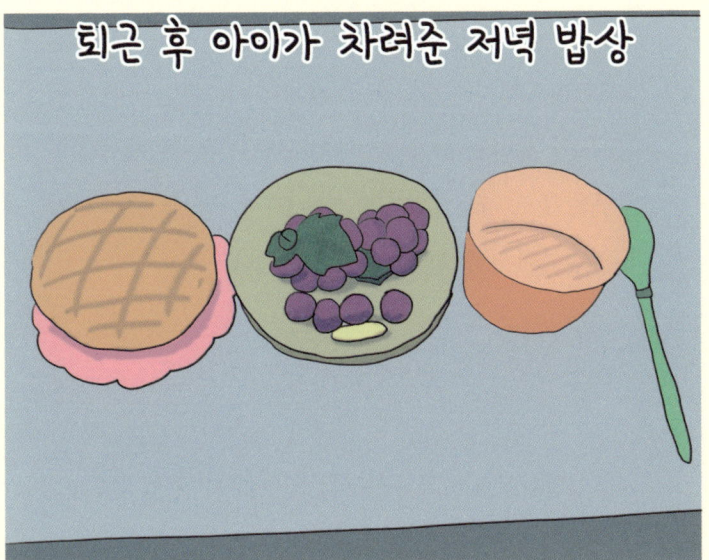

퇴근 후 아이가 차려준 저녁 밥상

회사에 복귀하고 어느 정도 시간이 지나자 아이도 이모님과 있는 시간이 익숙해지고, 나도 그 이후의 시간이 일상적으로 느껴지게 되었다. 이전에는 퇴근하면 아이가 엄마의 사랑을 받고 싶어 칭얼대기도 하고 유치원에서 있었던 일을 주로 이야기했다면, 그 이후에는 하루 종일 나갔다 온 엄마의 생활도 궁금해하기도 했다.

"엄마, 오늘 하루 내내 뭐했어?"

"응~ 열심히 일하고 쉬는 시간에는 우리 딸 생각했지."

"나는 유치원에서 종이 접기도 하고 춤도 추고, 친구들과도 재미있게 놀았는데~ 엄마는 계속 일했구나! 힘들었겠다~."

그리고 잠시 주저하더니

"나 사실 유치원에 있을 때 거의 엄마 생각이 안났어~
그런데 엄마는 내 생각도 했구나!"

라고 말하며 미안한 표정을 짓기도 했다.

퇴근하고 돌아온 어느 날, 잠시 씻겠다고 화장실에 들
어간 사이 아이가 분주하게 움직이는 소리가 들렸다. 엄
마에게 보여 줄 거라도 생겼나 싶어 궁금해하며 나와 보
니 식탁에는 아이들 요리 만들기 용품으로 구성된 밥상이
차려져 있었다.

"엄마 오늘 고생 많았어요~ 맛있게 먹어요."

포도 한 송이와 컵케이크, 핫케이크 등과 같은 장난감
으로 차려진 밥상은 나름 깔끔하고 정갈해 보였다.

생각해보니 복직하고 한 번도 집에서 남이 차려 준 밥상을 받아본 적이 없었다.

항상 회사에서 간단하게 먹을 걸 사서 오거나, 집에서 원래 있던 반찬으로 급하게 먹고는 했었는데 이렇게 장난감이라고 해도 밥상을 받으니 눈시울이 붉어지며 가슴이 찌르르 울리는 느낌을 받았다.

"엄마 잘 먹을게."

맛있게 먹는 척을 하자 아이는 기쁜 표정을 지었다. 힘들어 보이는 엄마에게 힘이 되었다는 생각이 들었는지 뿌듯한 표정이었다.

아이에게는 눈물이 나는 걸 애써 들키지 않으려고 노력하느라 힘들었지만, 마음은 행복으로 충만해져서 날아갈 것만 같았다.

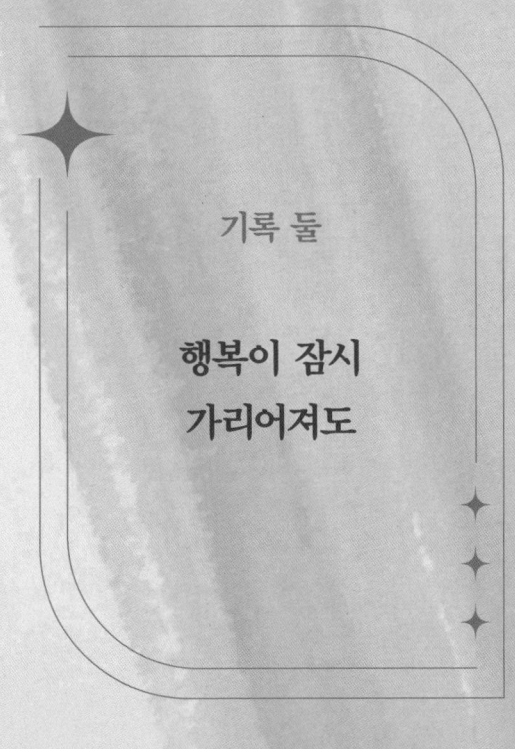

기록 둘

**행복이 잠시
가리어져도**

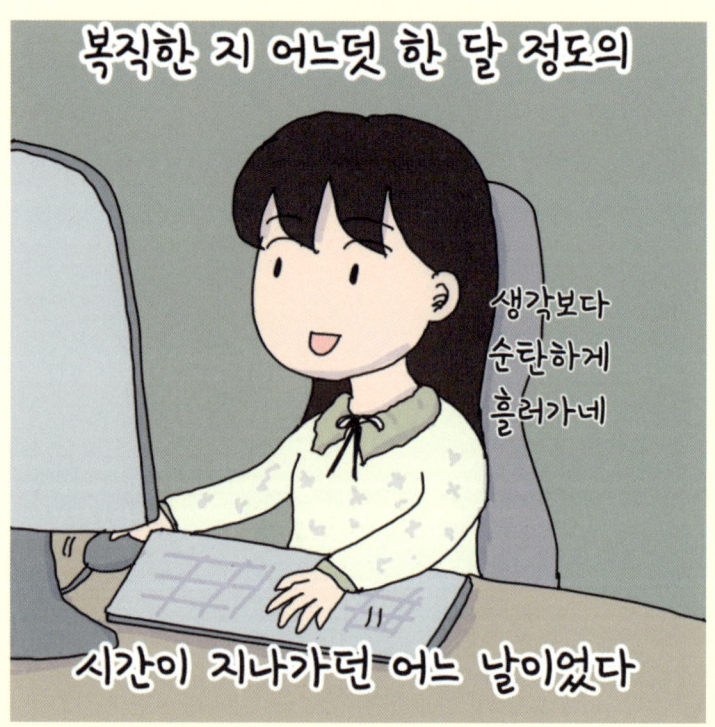

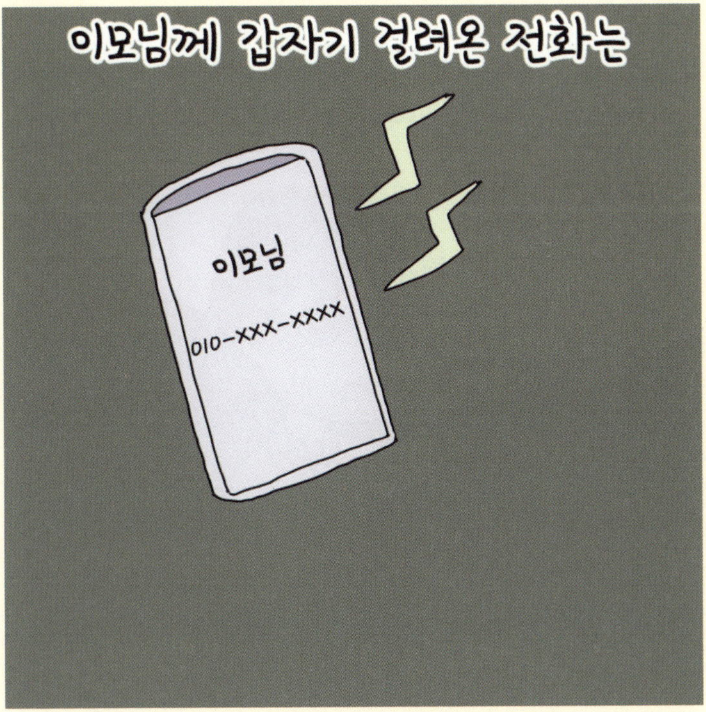
이모님께 갑자기 걸려온 전화는
이모님
010-XXX-XXXX

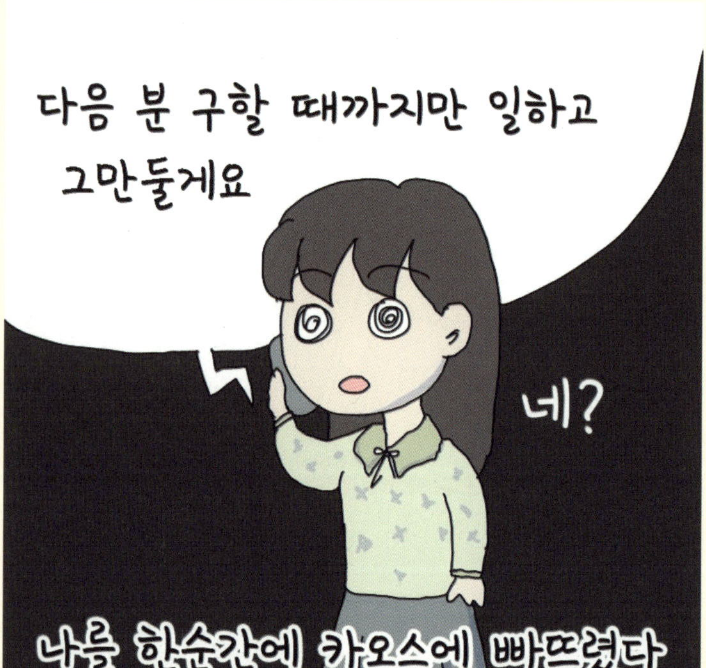
다음 분 구할 때까지만 일하고
그만둘게요
네?
나를 한순간에 카오스에 빠뜨렸다

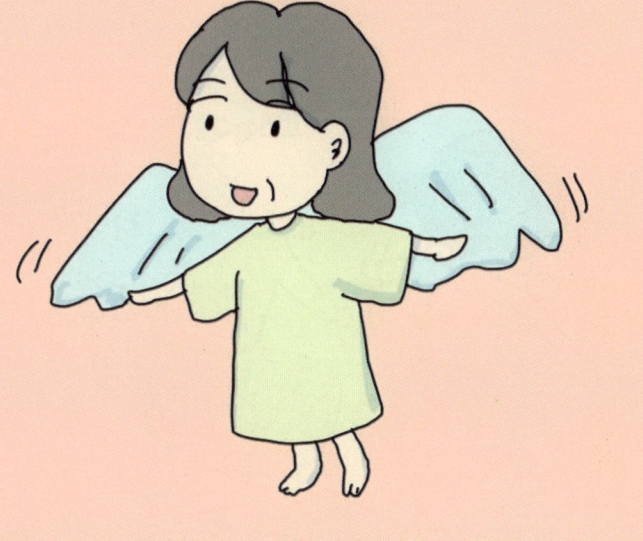

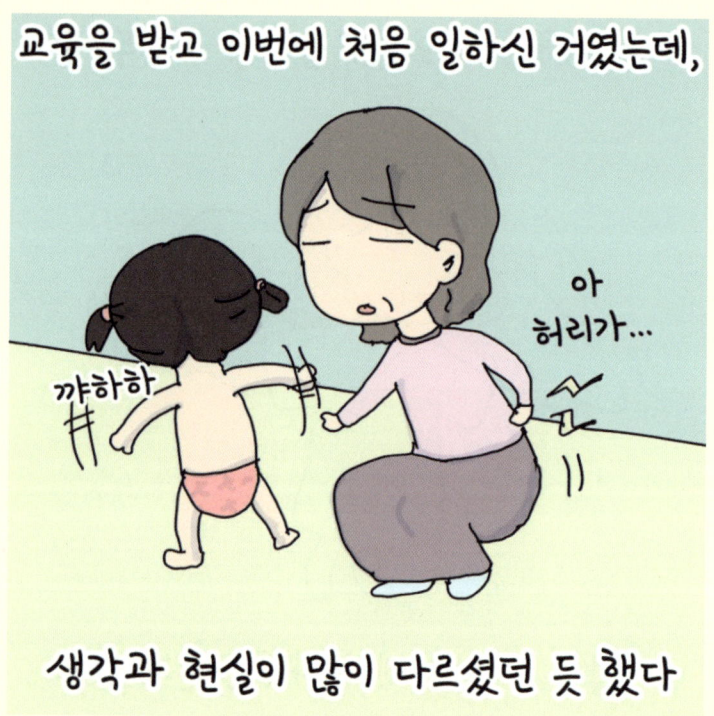

이모님..다시 생각해주심 안될까요...
아이가 적응한지 얼마 안됐는데
또 이모님이 바뀌면
너무 힘들어할거에요....
씻기는건 제가 할께요.........

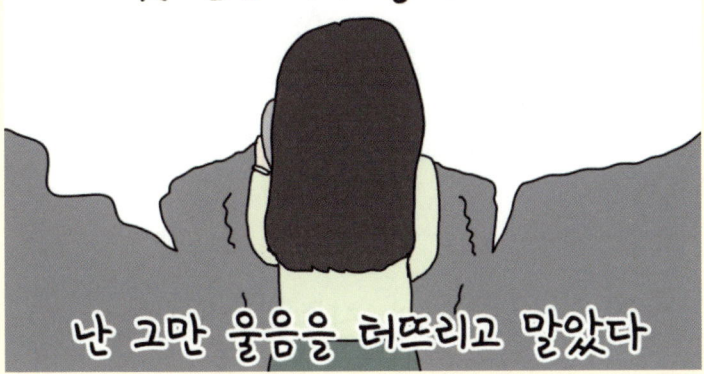

난 그만 울음을 터뜨리고 말았다

다행히 이모님이 마음을 바꾸셨지만,

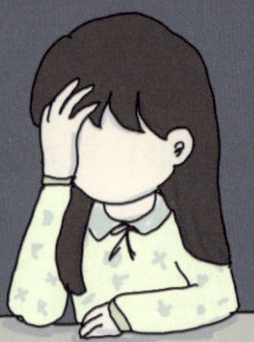

한동안 업무에 집중할 수 없었다

언제든지 '그만둔다'는 말을 할 수 있는,
어찌 보면 생판 남인 이모님을

나는 의지의 대상으로 부여잡고
하루하루 버티고 있던 것 같다

＋ ＋ ＋

복직하고 한 달 정도 되었을 때 한 차례의 위기가 있었다. 유치원이 끝나고 퇴근하기 전까지 봐주실 이모님을 구하고 나서부터는 이제 마음의 안정을 하고 회사 일에 집중하기 시작하였고, 업무도 원활하게 흘러가는 것을 보고 '어, 생각보다 괜찮은데?'라고 생각하던 시기였다.

그런데 갑자기 일하시던 이모님이 원래 허리가 안 좋으시다며 갑자기 아이 씻기는 문제로 그만두고 싶다는 말을 전화를 통해 일방적으로 하셨다. 원래 하시는 일에 포함된 부분이었기 때문에 너무 당황스러웠지만, 다른 분을 갑작스레 다시 구하기는 힘들었기에 나는 눈물을 흘리며 이모님께 사정하게 되었다. 그럼 하지 않으셔도 되니, 제발 마음 돌리시라고….

그렇게 통화를 마친 이후 자리로 돌아와서는 한동안 일

에 집중할 수가 없었다. 안정적으로 느끼고 있던 이 자리는 사실은 살얼음판 위에 있는 것이며, 내가 믿고 의지했던 관계의 끈은 언제든지 끊어질지 모르는 동아줄이라는 것을 깨달았다.

조부모님같이 옆에서 언제든지 도움을 줄 수 있는 분들이 주변에 계시거나, 신랑과 공동 육아를 하지 않고서는 워킹맘으로 살기가 굉장히 어렵다는 것을 느낀 순간이었다.

다행히 그 이후로 이모님은 2년이 넘는 시간 동안 아이를 돌봐주셨다. 그 이후로 초등학교 1학년 때 육아휴직을 2차로 쓰기 전까지 와주신 이모님도 계속 함께해 주셨으니 어쩌면 운이 좋은 편이라고 할 수 있겠다.

그래도 표정이 안 좋으시거나 기분이 언짢아 보이시기라도 한 날에는, 언제 또 갑자기 그만두시지 않을까 마음이 조마조마했던 걸 생각하면 쉽지 않은 시간이었다. 주변에 이모님을 통해 육아 도움을 받으시는 분들을 보면 추가로 대응 가능한 방법을 세워놓는 것이 꼭 필요하다고 말씀드리곤 한다. 그렇지 않다면 모든 것이 순조롭게 느껴지다가도, 갑자기 일이 생겨 매우 힘들어질 수도 있기 때문이다.

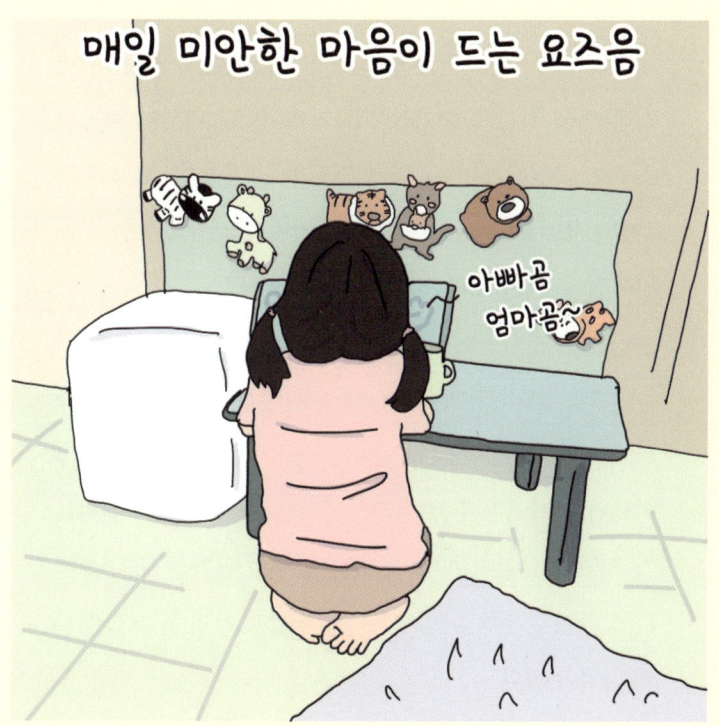

아이가 아플 때면 미안함이 가슴을 쿡

복직 이후 가장 걱정하던 일이 찾아왔다. 아이는 어린이집 적응 기간에 중이염으로 거의 두 달 가까이 아팠던 이후로 다행히 가벼운 감기 정도만 걸렸었다. 복직한 지 4개월 정도 된 무렵 아이가 구내염에 걸려서 일주일간 어린이집에 못 가게 된 것이다.

예고도 없이 찾아온 병으로 인해 친정 부모님께 갑작스런 부탁을 드릴 수 밖에 없었다. 신랑도 일정을 조정하고 이모님도 아이 봐주는 시간을 늘리는 등 일주일의 계획표가 정말 정신없이 짜였다. 바쁜 업무로 연차를 내지 못하는 상황이었기에, 아침에 어쩔 수 없이 아이를 두고 회사에 나와야 했다.

아이는 아파서 엄마에게 더 기대고 안기기를 바랐다. 엄마가 출근하려는 낌새가 보이기라도 하면, 책상에 앉아

책을 읽는 척을 하며 얼굴도 보여주지 않았다. 아이가 아
픈데 곁에 있어 주지 못한다는 미안한 마음이 가득한 채
회사에 가면, 한동안 일에 집중하기 힘들었다.

　다행히 일주일 만에 병은 나았지만, 그 기간에 본 아이
의 뒷모습은 한동안 시큰하게 마음 속에 남아 있었다.

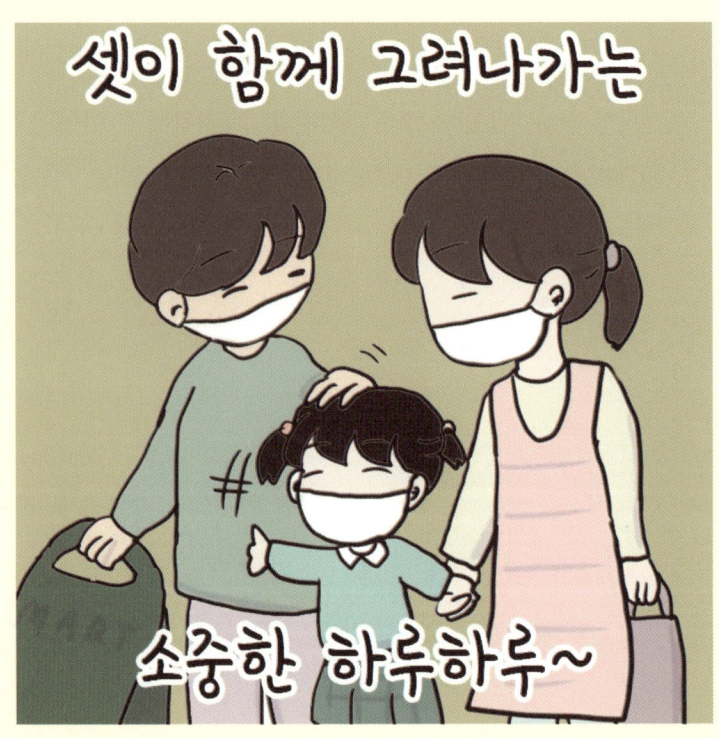

＊ ＊ ＊

　2020년을 생각한다면 코로나 19가 빠질 수 없을 것이다. 악명 높은 바이러스가 유행하던 시기에 우리 가족도 매우 힘든 시간을 보냈다.

　힘듦의 경중을 따진다면 의료진이나 병의 후유증으로 고통받은 사람들에 비해 훨씬 적을 것이다. 하지만 내 기준으로만 보았을 때, 아이를 키우던 시기 중 가장 힘든 시간을 보냈다. 몸이 지치기도 했지만, 정신적으로 매우 힘들었던….

　담당하는 업무가 가장 바쁜 시기와 코로나 19가 가장 유행하던 시기가 겹쳐서, 모든 직원이 퇴근할 때 야근을 해야 하는 상황이 빈번하게 발생했다. 불이 거의 꺼진 사무실에서 쓸쓸하게 혼자 앉아 일하다보면, 눈물이 눈앞을 가렸다. 그럴 때면 '어서 빨리 끝내고 집에 가서 아이를 봐

야지, 힘내자.'란 생각으로 하루하루를 버텼다.

2021년도부터는 재택근무도 할 수 있게 되었지만, 쏟아
지는 일을 집에서 아이를 돌보며 하기란 매우 어려웠다.
견디다 못해 기나긴 회사생활 동안 힘든 일이 닥쳐와도
한 번도 써보지 않았던 사직서를 처음으로 써보게 되었
다. 다행히 회사에서 최대한 연차를 쓰도록 배려해서 그
상황을 이겨낼 수 있었다.

2022년도에 코로나 19로 인한 사회적 거리 두기가 끝날
때까지 가족 돌봄 휴가 및 재택근무, 친정 찬스를 돌려가
며 사용했다. 오전에는 신랑이 아이를 돌보는 등 하루하
루를 살아간다기보다 버틴다는 마음으로 지냈던 것 같다.

다시 겪으라면 절대 돌아가고 싶지 않은 시간이다.

그 일을 겪고 나니 평범한 하루하루가 얼마나 소중한지
다시금 깨닫게 되었다. 집 앞 마트에 아무렇지 않게 가고,

아이가 친구들을 만나고 싶어 할 때 언제든지 만날 수 있는 일상이 특별하게 느껴지기까지 한다.

아슬아슬한 줄타기

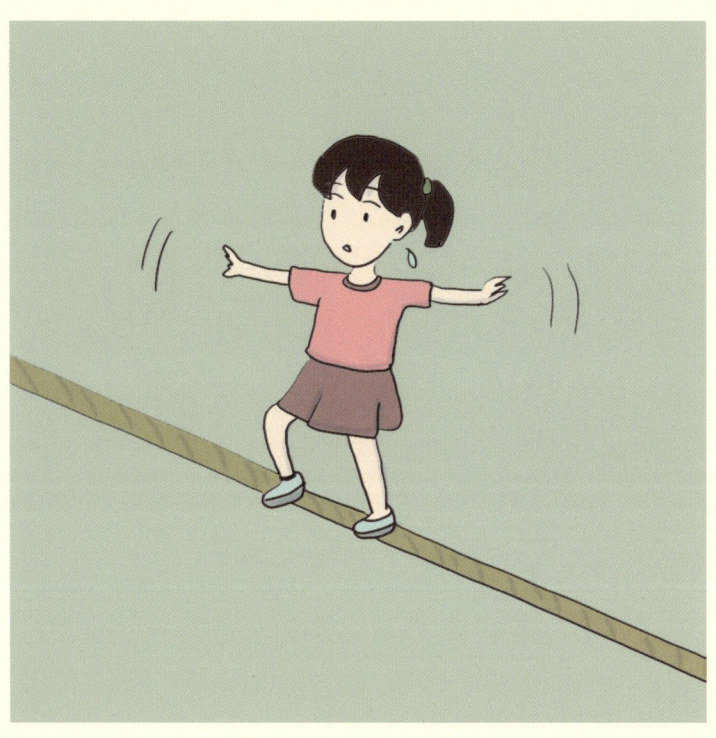

* * *

　현실은 힘들었지만 나름 이 상황을 잘 버티고 있다고
생각했다.

　코로나 19가 터지고 일을 그만둘 수 있다는 생각을 심
각하게 했었지만, 다행히 여러 가지 방법으로 이겨냈다.
언제까지일지 모를 일과 육아의 균형을 맞추기 위한 아슬
아슬한 줄타기를 했다. 당분간은 이 상태를 지속할 수 있
을 거라 안일하게 생각했다.

　그런데 한순간에 일어난 사고로 아이의 팔이 골절되며
모든 것이 바뀌었다. 당장 수술에 들어가야 했고 장기적
인 재활 치료를 받아야 하는 상황이 오자, 그동안 내가 자
만했다는 사실을 깨달았다.

　워킹맘으로 산다는 것은 아슬아슬한 줄타기를 하는 것

이 아니었다. 줄에서 떨어지지 않도록 붙잡아줄 누군가가 있거나 떨어져도 완충작용을 해줄 무언가가 바닥에 있어야 가능한 것이었다.

그렇지 않은 상황에 이런 일을 겪는다면 아이도 힘들고, 엄마도 모든 걸 놓아버리고 싶을 정도로 지쳐버릴 수 있다는 것을 몸소 겪으며 알게 되었다. 아빠와 놀던 그 찰나의 순간에 벌어진 일로 한 달간 나의 일상은 정지되었고, 어렵게 버텨오던 끈이 끊어지는 느낌을 받았다.

아이에 대해 멈추지 않던 자책감과 신랑에 대한 원망, 현실에 대한 좌절, 일에 집중하지 못해 회사 동료들에게 들었던 미안한 감정 등 너무나 복잡한 마음으로 한 달여의 시간을 보냈다.

지금 돌이켜보면 다시 경험하고 싶지 않은 그 시간은, 긴 회사생활과 육아 기간 중 일부였다는 생각이 든다. 과정은 힘들지라도 주변에 도움을 요청하면 받을 곳은 어떻게든 생기고, 극복할 힘 또한 얻게 된다. 그리고 그 힘을 통해 앞으로의 삶에 더 단단해진 마음으로 임할 수 있는 것이다.

힘든 일이 생길 때마다 '그때 그런 일도 있었는데 이 정도는!'이라고 생각하게 된다. 단지 잊고 싶은 지나간 시간이 아닌, 앞으로의 삶에 힘을 주는 시간으로 기억하려고 한다.

걱정이 자신을 괴롭히는 시기

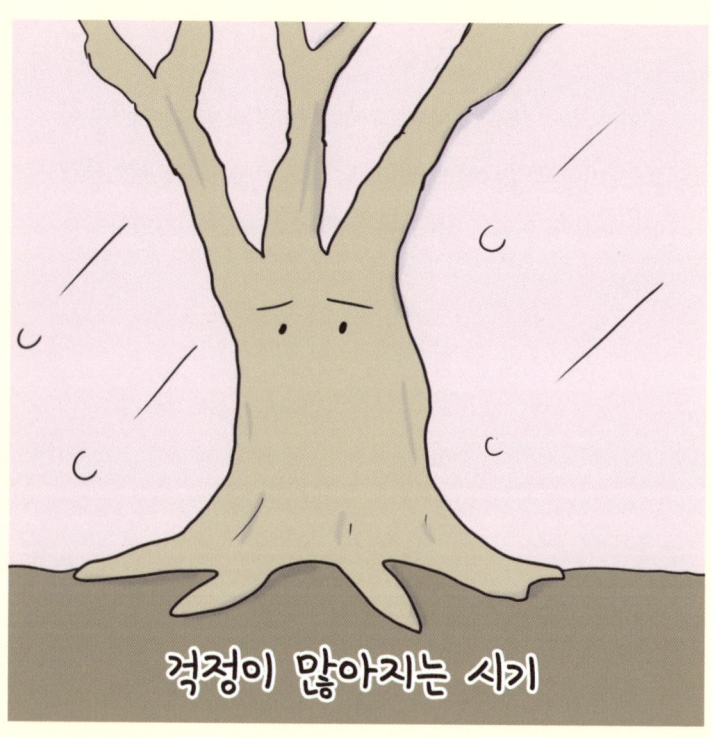

걱정이 많아지는 시기

* * *

　아이를 키우면 이런저런 자책의 시간을 보내게 될 때가
있다. 어렸을 때는 최대한 같이 시간을 보내고 놀아주는
것으로도 아이의 욕구를 충족시켜주는 것 같았다면, 어느
정도 크고 나서부터는 다양하고 새로운 것들을 해주는 것
이 더 필요하지 않나 생각이 들게 된다.

　나는 어린 시절 삼 남매의 둘째로 자라며, 하고 싶거나
사고 싶은 걸 못하게 될 때가 자주 있었다. 분명히 우리 집
이 가난한 것은 아닌데, 언니나 남동생은 어렵지 않게 하
는 것을 나에게는 부모님이 계산하신다는 느낌을 받고는
했다. 철이 지나면 언니는 새 옷을 사러 매장 안에 들어갔
던 반면, 나는 입구 쪽 매대에 있는 세일하는 옷만 살 수
있었다.

　"언니가 입던 옷을 물려받게 해주지 않은 것만으로도

고마워해야지."라고 누군가는 말할 수 있으나, 어린 시절에는 '부모님은 나에게 돈을 쓰는 것을 아까워하시는구나….'라고 생각하며 슬퍼지기만 했다.

그래서 내가 취직을 하고 돈을 벌기 시작하면서는 어린 시절 나에게 못했던 소비를 자신에게 하면서 그 아쉬움을 채우고는 했다. 백화점 매장에 들어가 새로 나온 옷도 사보고, 양발의 크기가 달라 매번 아팠던 발을 위해 따로 구두도 제작해서 신어보는 등 내가 가장 1순위가 되는 소비를 했다.

결혼을 하면서 남편과 통장을 합치면서 이제 그러한 소비는 하지 못하게 되었지만, 20대 시절 나에게 해주었던 위로의 시간은 어린 시절 마음의 아픔을 치료하는 데 도움이 되었다.

그런데 아이를 키우면서 이전에 사그라들었던 '소비의 욕구'가 다시 스멀스멀 올라오는 것을 느꼈다. 아이에게 부족하지 않게 해주고 싶은 욕구, 나는 어린 시절 누리지 못했던 것을 하는 아이를 보며 느끼는 만족감, 다른 아이들은 아무렇지 않게 하고 있는데 아이한테 못해줄 때 드는 무력감 등 다양한 감정들이 버무려져 나타나는 것을 보고 자본주의 시대에 자연스러운 소비라는 행태가 또 다른 자책이라는 감정 또한 만들어내는 것을 보고 내심 놀라게 될 때가 있다.

내가 살아왔던 환경과 아이가 앞으로 살아갈 환경은 같지 않고, 느끼는 감정 또한 분명히 다를 것이다. 그렇다면 내가 지금 충분하게 해주고 있다고 생각하는 부분도 아이로서는 부족하다고 느낄 수 있다.

요즈음 주변의 아이들을 보면 외동이거나 형제가 하나인 가정이 늘어나면서 부모들이 아낌없이 투자하는 경우를 많이 보게 된다.

운동을 할 때 학습효과가 높도록 일대일로 가르치는 교

습을 받게 하거나, 방학 때마다 어학연수를 보내기도 한
다. 배우는 것을 바로바로 습득하는 나이라서 그런지, 그
런 학습을 받은 아이들은 해가 지날수록 성장의 속도가
빠르게 보이기도 한다. 현재 아이에게는 그렇게 해주지
못하고 있으므로, 그런 아이들을 보면 미안하다는 감정을
느끼게 될 때가 있다.

아이에게 많은 것을 해주고 싶지만, 현실적인 부분에서
하나하나 타협해가는 것은 내가 어린 시절 겪었던 마음과
는 반대되는 마음이다. '부모님은 아이 셋을 키우셨으니
어쩔 수 없으셨어.'라고 생각할 수 있어도, 아이 하나를 키
우는 내가 이런 생각을 하는 것은 자신의 능력이 너무 부
족한 것이 아닌가 자책하게 되기 때문이다. 어린 시절의
내가 부족함을 느꼈기 때문에 아이에게 그런 느낌을 주는
엄마가 된다는 것은 자신을 더 힘들게 하는 것 같다.

회사에 다니면 아이와 시간을 보내지 못한다는 사실에
미안해하게 되고, 회사에 다니지 않으면 아이에게 해줄

수 있는 물질적인 지원이 부족해진다는 생각에 또 자책하게 된다. 아직 어리기 때문에 엄마가 있는 것만으로도 너무 행복해하는 아이이지만, 초등학교 고학년이 되고 중·고등학생이 된다면 일하는 엄마를 더 좋게 생각할지 모를 일이다.

그런데 생각해보면 내가 취직 이후 소비를 하며 마음의 위안으로 삼았던 것은, 어린 시절 정서적인 부족함 때문이었다. 그것을 알맞게 채워준다면 나중에 부족한 부분이 느껴지더라도 나와 같은 마음을 느끼지 않을 것이란 생각도 든다.

더 해주고 싶은 마음과 조절해야 한다는 마음 사이의 갈등은 늘 일어난다. 그 간극을 잘 조절하면서 아이에게 적절한 사랑을 충분하고도 현명하게 줘야할 것이다.

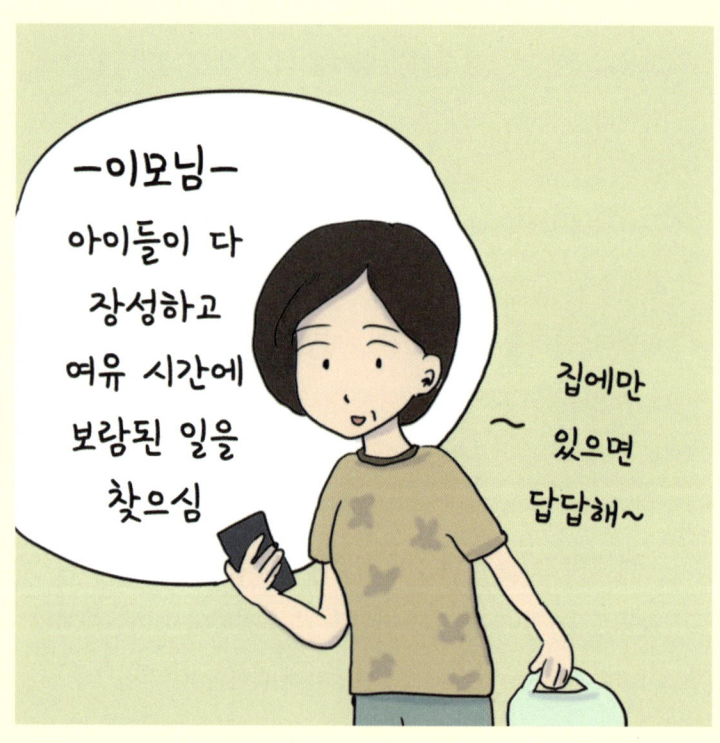

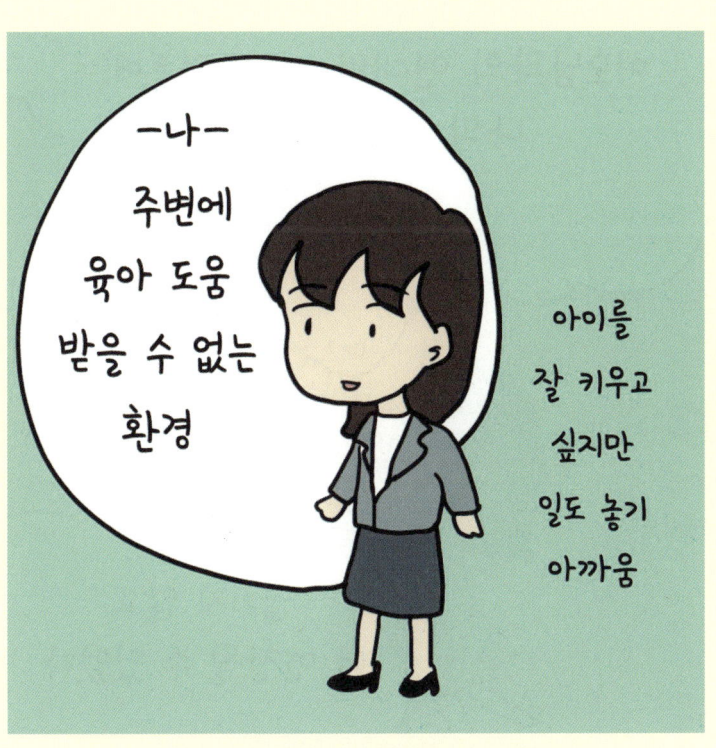

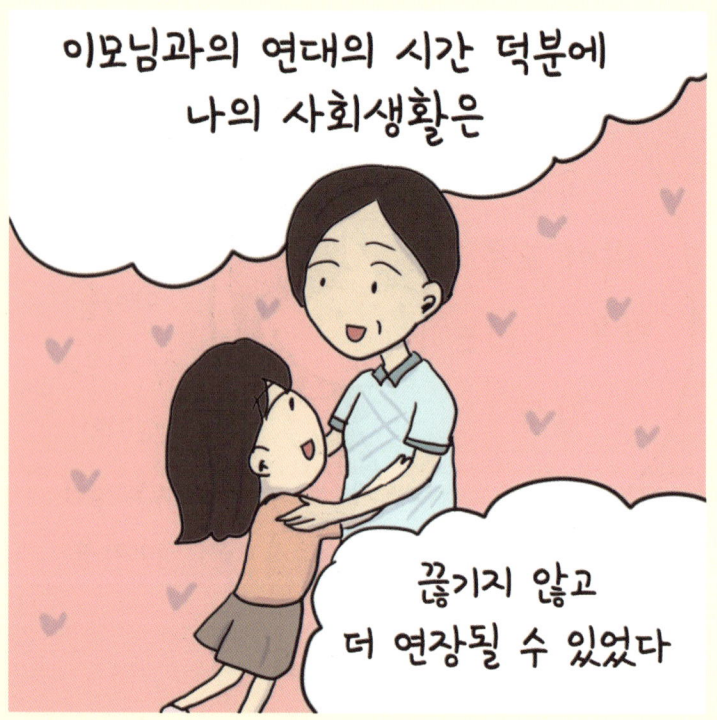

나중에 이 시기를 기억할 때 이모님은

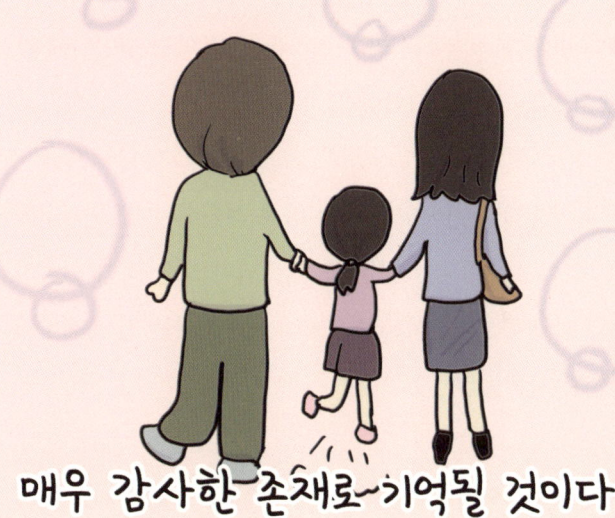

매우 감사한 존재로 기억될 것이다

+ + +

복직하며 부모님 도움을 받을 수 없었기 때문에, 아이 돌봄 서비스를 통해 이모님을 찾게 되었다. 면접을 통해 아이를 잘 돌봐주실 만한 분을 구하긴 했지만, 엄마와 같은 마음으로 봐주시기란 힘들다는 것을 알고 있었기에 걱정이 되는 것도 사실이었다.

육아휴직 기간에도 신랑이 바빠 개인적인 일을 처리하고 와야 할 때 몇 시간 정도 이모님이 오신 적이 있었지만, 매일 하루에 4시간씩 장기적으로 오시는 건 복직하고 나서 처음이었다.

한 달 정도의 시간이 지나며 아이도 이모님과 좋은 시간을 보내고 있고 나도 어느 정도 회사에 적응을 잘하고 있다고 안심하던 찰나, 갑자기 이모님이 허리가 아프시다고 그만두시겠다는 청천벽력과 같은 말씀을 하셔서 눈앞이 캄캄해진 적이 있다. 몸에 무리가 가시지 않도록 아이 씻기기는 안 해주시는 것으로 이야기가 마무리되었지만, 튼튼하다고 느꼈던 줄이 언젠가는 끊어질 수 있는 동아줄이라는 걸 알고 나서는 하루하루가 불안한 마음뿐이었다.

그래도 그 이모님과의 관계는 계속 잘 유지되어 그 이후로 2년 정도 아이를 봐주실 수 있었다. 아이와 헤어지는 날 선생님이 눈물을 흘리셨는데, 아이를 진정으로 생각해주셨다는 생각이 들며 마음이 뭉클해졌다.

그 이후로 이미 아이들이 장성하여 손녀를 보실 만한 연세이신 분이 오셨다. 일생을 아이들 보육과 교육에 전념하셨는데, 아이들이 독립하고 나니 서운한 마음이 원치 않아도 계속 들고 건강도 안 좋아지는 것 같다고 하셨다. 그런데 어린아이를 돌보며 다시금 삶의 열정을 찾게 되셨다고 하시며, 일하는 것이 너무 즐겁다고 하셨다. 긍정적인 마인드를 가지셨던 그분은 내가 정신적으로도 의지할 수 있도록 큰 힘이 되어주셨다.

아이를 잘 키우고 싶지만 일은 포기하고 싶지 않고 주변에 도움받을 만한 여건이 되지 않는 나와, 아이를 돌봄으로써 제2의 인생을 사는 것 같은 느낌을 받으시는 이모님과의 만남은 서로에게 도움이 되는 연대의 시작이었다. 이모님은 아이를 돌보시며 활력을 되찾으셨고, 나는 안심하고 회사에 다니며 일에 집중할 수 있었다. 이따금 일을 힘들어하는 내게 "언젠가는 아이가 엄마를 자랑스럽게 생각하는 날이 올 거예요."라고 해주시던 이모님의 말씀은 그 누구의 말보다 힘이 되어서 가슴에 울렸다.

그 이후로 2년이 넘는 시간을 하고 좀 쉬고 싶다고 하시며 그만두시게 되셨지만, 아이에게도 나에게도 매우 좋은 기억으로 남아 있다.

이모님 덕분에 나의 사회생활은 끊어지지 않을 수 있었고, 이 시기를 뒤돌아볼 때 가장 감사한 존재로 기억될 것이다.

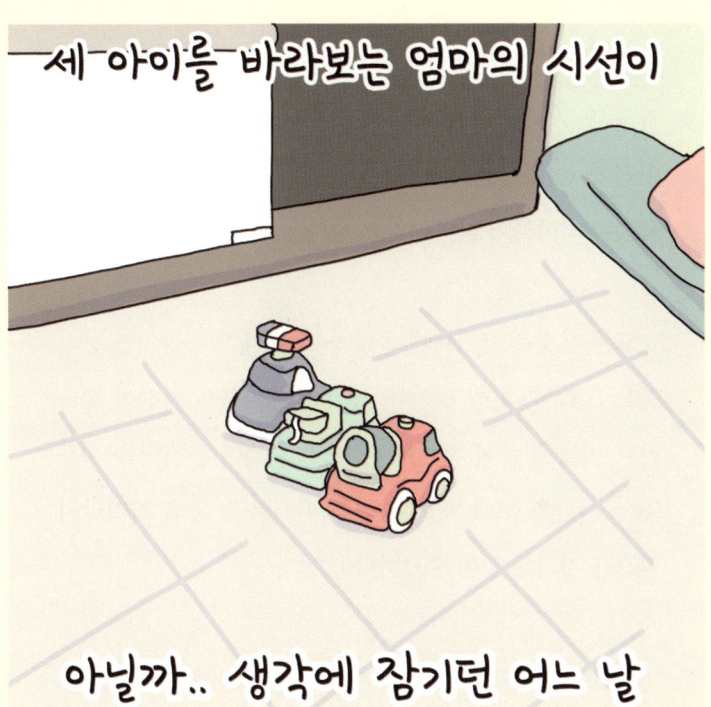

세 아이를 바라보는 엄마의 시선이

아닐까.. 생각에 잠기던 어느 날

✦ ✦ ✦

아이를 키우다 보면 모든 삶이 아이 위주로 흘러갈 때가 있다. 유아기 시절에는 어찌 보면 당연한 것인데, 어린이집이나 유치원에 다니기 시작할 무렵부터 텅 빈 감정을 느끼는 엄마들이 많아진다고 한다.

모든 신경을 아이에게 쏟다가 그 존재가 사라지면 공허함을 느낄 수 있을 것이다. 그래서 엄마들도 자신이 좋아하는 일을 꾸준히 하거나, 유아기 시절에 온전히 아이를 위한 시간을 보낼 때도 주변인의 도움을 통해 자기만의 시간을 가지는 것이 중요하다고 한다.

어머니는 삼 남매를 키우시면서 매우 바쁘게 하루하루를 보내셨다. 비록 언니나 남동생보다 관심을 덜 받고 자랐다고 생각하며 부족한 마음을 가지며 살아왔지만, 어머니로서는 아이 셋을 키우는 것은 때론 벅차고 시간이 부족한 일이었을 것이다.

원래 거주지였던 서울이 아닌 경기도권의 회사에 언니와 내가 취직을 하게 되면서, 취업과 동시에 모두 집을 떠나 독립을 하게 되었다. 계속 같은 집에 살다가 결혼하며 독립을 할 거라 생각했던 엄마와 남동생은 나름 충격을 받았다고 한다.

그렇게 남동생이 부모님과 같이 살다가 결혼을 하며 마지막으로 독립을 하게 되었고, 그 이후로 어머니는 주말만 기다리시는 삶을 살게 되셨다. 평일에는 적적하게 하루하루를 보내시다가, 주말에 아이들이 찾아와 이곳저곳 모셔다드리는 것이 삶의 낙이 되셨다.

예전에는 어머니의 그런 모습이 이해가 되지 않았다. 아이 셋을 다 키우고 나서 이제 자유를 느끼실 때가 되었는데, 일하느라 피곤해서 주말에 못 가게 된다고 말씀드리면 너무나 서운하게 받아들이셨기 때문이다.

그러던 어느 날 집에서 장난감을 정리하다가, 자동차 세 대가 한 줄로 서 있는 것을 발견한 적이 있다. 다 함께 다른 방향을 바라보는 자동차들을 보며, '어머니가 보는 우리의 모습은 저런 모습이었을까...?' 싶은 생각이 들었다.

다 같이 한집에 살며 이런저런 도움을 필요로 하다가 어느새 다른 방향을 바라보며 살아가는 아이들을 보며, 어머니가 받았을 서운함과 섭섭함이 왠지 이해가 되는 순간이었다.

나도 지금은 머릿속 생각의 큰 부분을 아이가 차지하고 있을 정도로 아이 돌봄에 엄청나게 집중하고 있는 상황이다. 육아란 아이가 독립할 수 있게 도와주는 것이라는 말처럼 아이가 내 삶의 전부인 것처럼 여기려고 하지 말고, 아이가 나중에 커서 내 품을 떠나갈 때 웃으며 보내줄 수 있도록 어느 정도의 거리 두기를 어느 정도 크고 나서부터는 해야겠다는 생각이 드는 요즈음이다.

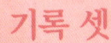

기록 셋

네가 준 행복으로
그린 미래

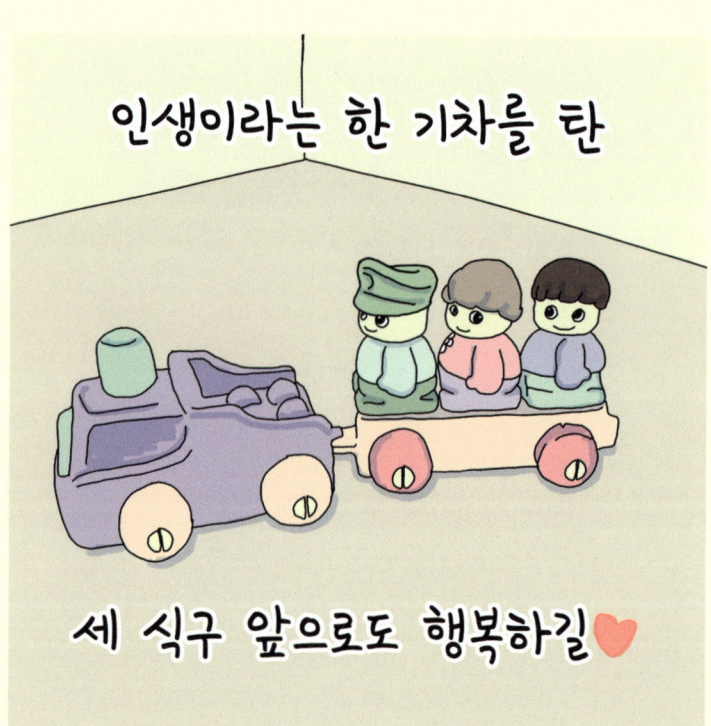

＊ ＊ ＊

　아이가 초등학교 1학년이 되며 육아휴직을 다시 하게 되었다. 아이를 학교에 매번 데려다주고 데리고 올 수 있고, 아플 때는 즉각적으로 대응 가능하며 공부습관도 잡아주는 시간을 가질 수 있어 매우 소중한 하루하루를 보내고 있다.

　그런데 복직을 할 생각을 하니, 이 패턴을 그대로 가져가지 못하게 될 미래 때문에 벌써부터 머리가 아파오기도 한다. 그렇지만 집에 있어 보니 나는 일을 필요로 하는 사람이구나, 일을 하면서 자기효능감을 느끼는 사람이라는 것을 새롭게 깨닫게 되었다. 그렇기 때문에 직장을 그만둔다는 건 쉽지 않은 결정이다.

　그리고 지금은 엄마를 필요로 하지만, 언젠가는 친구가 더 중요해질 아이를 보며 아이의 미래를 위해서는 엄마도 일을 하는 게 나은 것이 아닌가 싶기도 하다.

이제 복직까지는 얼마 남지 않은 상황이다. 그 안에 결정을 내야 하지만, 결과적으로는 우리 가족이 행복할 수 있는 방향으로 선택을 하게 될 것이다.

어떤 선택을 하든 나중에 지금을 뒤돌아보았을 때, 우리 가족의 행복을 위해 잘한 결정이었다고 자책하기보다는 격려하게 될 수 있기를 바란다.

더 나은 사람이 되기를

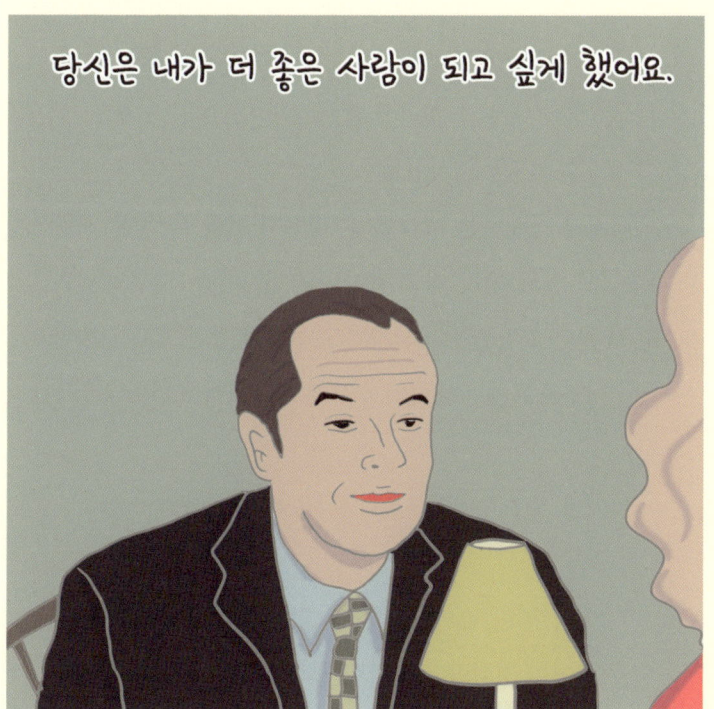

✦ ✦ ✦

예전에 각종 영화상을 휩쓸었던 〈이보다 더 좋을 순 없
다〉란 영화 내용 중 기억에 남는 장면이 있다.

남자가 사랑하는 여자에게 "당신이 나를 더 좋은 사람
이 되고 싶게 했다."라고 말하는 장면이었다. 누구의 말도
듣지 않던 고집불통의 남자가 자신만의 방법으로 "사랑한
다."라고 표현하는 대사여서 오래도록 기억에 남았다.

아이를 키우며 가끔 이런 생각을 하게 된다.

"나이가 30이 넘으면 사람이 변하지 않는다."라는 말도
있듯이 이미 정형화되어 버린 생각과 습관들 때문에 아이
앞에서 가끔 좋지 못한 모습을 보일 때가 있다. 그럴 때마
다 누누이 나 자신이 변화하기를 다짐한다.

아직은 부족하지만,

아이에게 더 좋은 엄마가 될 수 있기를….

더 좋은 사람이 되어,

한 인간이 삶을 사는 데 있어 좋은 본보기가 될 수 있기
를….

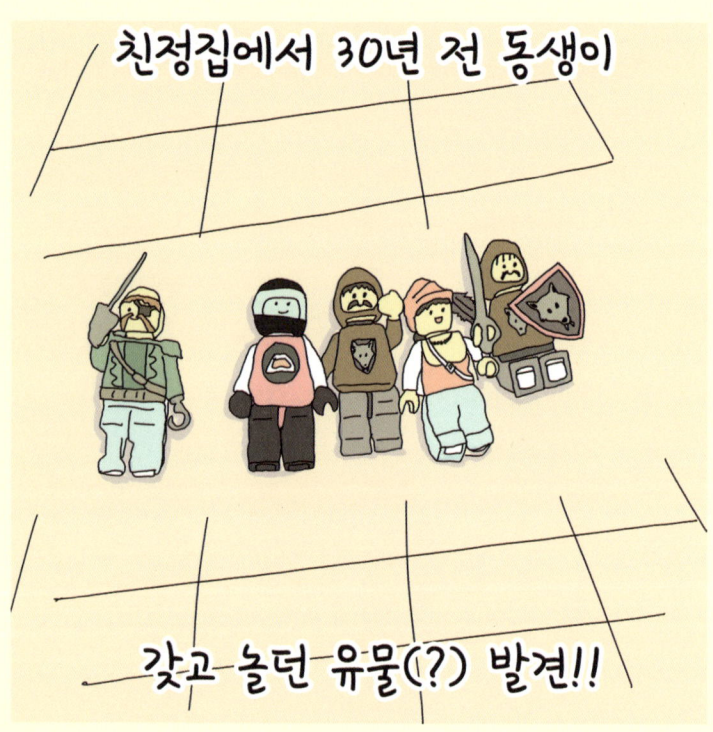

   ✦ ✦ ✦

   삼 남매가 각자 독립해서 떨어져 산 지 오래 지났다 보니, 한 집에서 다 같이 살았다는 게 믿기지 않을 때가 있다. 각자 성향에 맞는 배우자를 만나 트러블 없이 잘살고 있지만, 서로 다른 성격의 우리가 어떻게 그렇게 매일 같이 살았는지 신기할 따름이다. 그렇게 서로 함께한 시간도 희미해지던 어느 날, 친정에 갔다가 우연히 30년 전의 남동생이 가지고 놀던 레고를 발견했다. 그러면서 같이 블록을 쌓고 놀던 어린 시절 기억도 희미하게 떠올랐다. 한집에서 북적북적 살면서, 레고도 만들고 애완동물도 키우고 이런저런 학교 이야기도 나누고 우리는 그렇게 어린 시절을 같이 채워나갔었다.

   아이를 키우다 보면 아이가 나중에 어린 시절을 잊어버리게 되지 않을까, 모든 게 희미하게 사라지지 않을까 괜히 감상에 빠져 있을 때가 있다. 그런데 이렇게 추억의 물

건을 보면서 잊고 있던 기억이 살아나는 것을 보고, 기억할 무언가가 있다면 언제든 소중했던 시간은 다시금 떠올릴 수 있다고 믿게 되었다. 요새는 사진으로 다 기록해놓기 때문에, 이전보다 더 생생하게 기억이 나게 될 것이다.

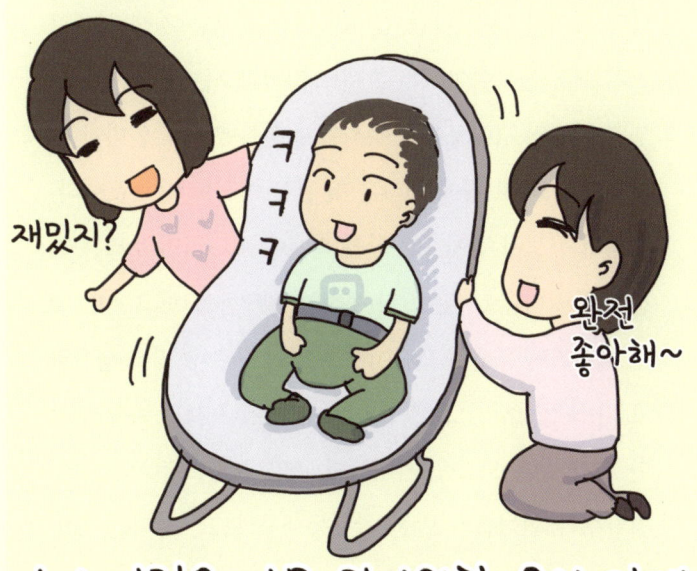

지금은 아이 아빠가 된 남동생의

아기 시절을 너무 귀여워한 우리 자매

동생을 보면 언뜻언뜻 떠오르는 기억이 있다. 남동생과 나이 차이가 많이 나던 언니와 나는 동생을 경쟁 상대로 보기보다, 돌보아야하는 존재로 인식하고는 했다. 동생은 생명 탄생의 경이로움을 우리에게 선사했는데, 엄마가 속싸개에 싼 채로 집에 데려온 첫 날을 아직도 잊지 못한다. 솔직히 동생이 집에 오기만을 손꼽아 기다리던 우리는 빨간 피부빛의 눈도 잘 뜨지 못하는 생명체를 보고, '어, 내가 기대했던 동생의 모습이랑은 많이 다르네.'라고 생각하고 다소 실망하기도 했다. 아마 미디어나 사진 속에서 보던 천사 같은 모습을 기대했던 모양이다. 그런데 시간이 지날수록 귀여움을 발산하는 동생을 보고, 우리는 매일 '동생 마음 사로잡기 대작전'을 펼치곤 했다. 동생은 전날 가장 잘 놀아줬던 상대를 아침에 지목하고는 했는데, 그러면 우리는 세상 가장 운 좋은 사람이 된 것처럼 기뻐했다. 동생의 마음에 들기 위해 블록으로 놀아주기, 아이용

그네 밀어주기 등 저녁마다 갖은 노력을 다 하곤 했다.

지금 생각하면 우리도 어렸었고, 아이와 놀아주는게 힘들었을 수도 있는데 우리는 엄마의 마음처럼 하루하루 커가는 동생을 이뻐하기만 했던 것 같다. 그러던 동생이 4살이 되며 점점 기고만장해지는 걸 보고 참교육에 들어가기는 했지만….(그렇다고 우리가 동생을 괴롭혔다는게 아니라, 집안에서의 서열이 엄마 다음으로 자신이라고 생각하는 행동을 하여 그렇지 않다는 것만 가르쳐줬을 뿐이다.) 동생이 서른 살이 되어 결혼을 할 때까지도 우리 눈에는 마냥 어리게만 보여 마음이 더 가고는 했다.

동생이 어엿한 신랑이 되어 결혼식에서 평생을 함께할 배우자 손을 잡고 힘찬 발걸음을 하는 순간, 이제 어리게만 봤던 것을 내려놓자고 마음 먹게 되었다. 그렇게 시간은 흐르고 흘러 동생도 아이 아빠가 되었다. 동생은 올케와 공동 육아를 하는데, 가끔 남동생과 아이 친구 엄마들과 나누었던 주제로 이야기하며 공감하게 될 때마다 '내가 이런 내용을 동생과 나누게 되다니, 세월이 참 많이 흘렀구나.'라고 생각하게 된다.

한번은 동생의 가족과 부모님을 모시고 여행을 가게 되었는데, 남동생은 놀러와서 매형과 술을 마시며 쉬고 싶은 모습이 역력했다. 그러던 와중 딸이 동생네 아이를 놀아주게 되었는데, 생각보다 오래 놀아주는 것을 보고 남동생이 감동받은 표정으로 말했다.

"이런 적은 처음이야! 누나, 나중에 또 만나자~."

이제 딸도 어느 정도 커서 어린 아이를 돌봐주게 된 것인데, 생각해보니 나와 남동생의 나이차와 두 아이의 나이차가 얼추 비슷했다. 여행 와서 그 짧게 놀아준 순간도 남동생은 매우 좋아했는데, 언니와 나는 어린 시절의 거의 모든 시간을 어린 아이를 놀아주며 보냈던 것이다. 지금은 특별한 하루지만, 그때는 일상이었던 시간….

그 모습을 보며 인생이 반복되고 있다는 생각이 들었다. 어린 시절 남동생을 돌봐줬던 나, 그리고 그 나이가 되어 다시 남동생의 아이를 돌봐주고 있는….

아이의 모습을 보며 어린 시절의 추억 또한 떠올리기 되었던 순간이었다.

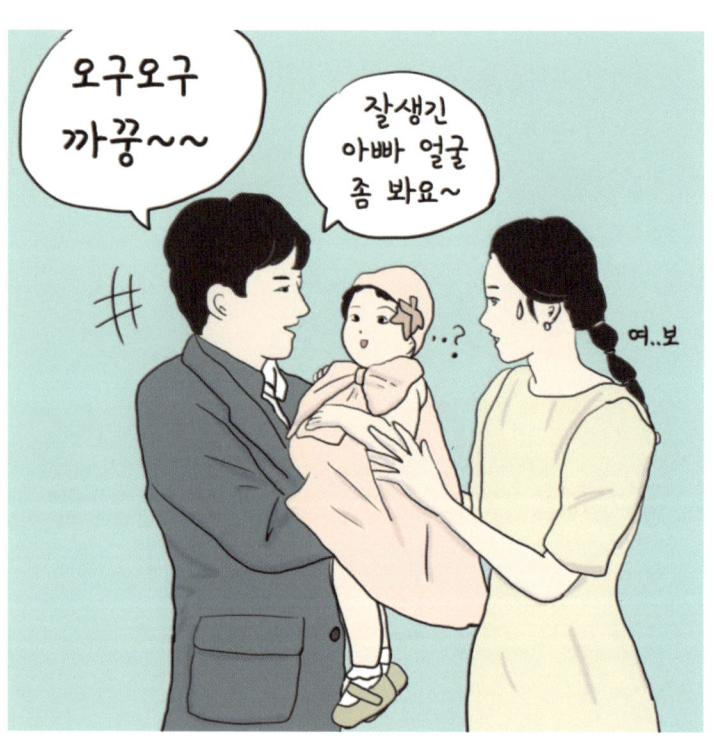

미래의 내가 원하는 지금의 시간

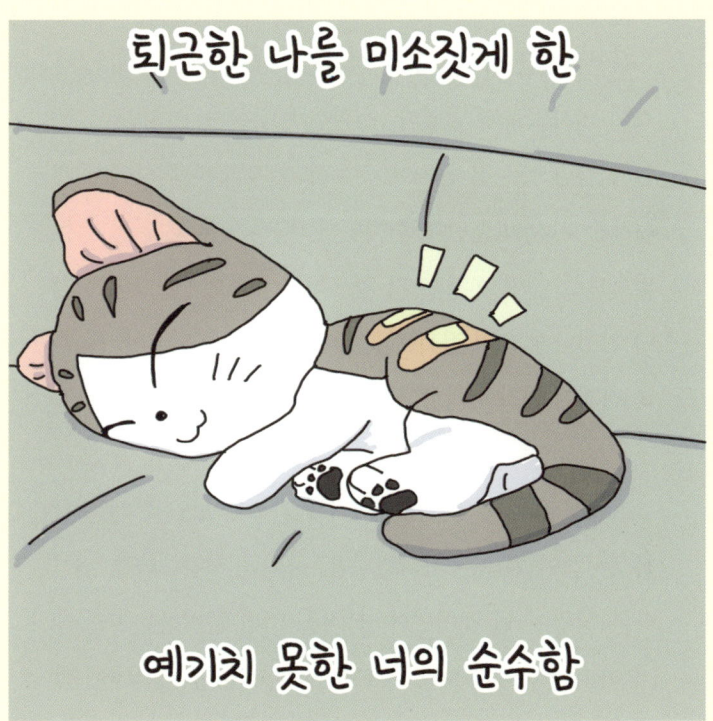

✦ ✦ ✦

육아휴직을 하기 직전 거리가 멀리 떨어진 팀으로 갑작스레 인사발령이 났었다. 정확한 이유는 모르지만, 그동안 워킹맘으로 집 근처에 근무할 수 있도록 회사에서 배려해준 기간이 끝난 느낌이었다. 배려가 권리가 될 수는 없으므로 애써 신경 쓰지 않으려고 했지만, 출퇴근 시간이 엄청나게 오래 걸리는 곳이어서 복직 시기가 다가올수록 걱정이 되기 시작했다.

집에서 내비게이션으로 거리를 검색해 보았을 때는 왕복 3시간이 걸리는 거리였지만, 출퇴근 시간대라면 전혀 다른 상황이 될 것이었다. 복직을 미리 준비하는 마음에서 아는 엄마에게 아이 등교를 맡기고 출근 시간대에 맞춰 운전을 해보았다.

유연 근무가 가능해 오전 8시까지 출근하고 오후 5시

에 퇴근하는 계획을 짜고 실행해 보았으나. 오전 6시 반에 출근하면 시간 안에 도착할 것이라는 생각은 무참히 깨지고 말았다. 7시 이후가 되면 차들이 미어터지듯 도로로 나오기 시작했고 근무지 근처에 도착했을 때는 이미 차들로 길이 막혀버리는 상황이 펼쳐졌다.

'8시까지 도착하려면 적어도 6시에는 출발해야 하겠는 걸…?'

이러한 생각이 머릿속에 스치며 다가오는 답답한 현실에 머리가 지끈거렸다.

새벽 6시에 출발하려면 5시 반에는 일어나야 할 것이고, 이런 상태라면 오후 5시에 퇴근한다고 해도 7시 정도에 도착하기는 힘들어 보였다.

'부모님 도움을 받을 수도 없으니 이모님을 구해야 하는데, 한 분이 다 못해주신다면 등교 이모님과 하교 이모님 두 분을 오시게 해야 하는 상황이구나…. 새벽 6시부터 8시 반까지 근무할 수 있는 분을 찾을 수 있을까…?'

현실적인 고민이 꼬리에 꼬리를 물고 이어지며, '무엇을 위해서 이렇게 살아야 하는가.'라는 생각까지 들었다.

그러나 복직 시기에 회사에 가지 않는다면 다시는 이런 직장에서 일하기 힘들 것이고, 참고 몇 달간 다니다 보면 다시 집 근처로 근무지가 바뀔 수도 있을 것이니 어려운 시기가 길지 않을 수도 있을 것이었다.

그렇게 생각하니 아이와 힘을 합쳐 어려운 시기를 잘 버텨내야겠다는 생각이 들며, 아이와 함께하는 지금 시간이 더 소중하게 느껴졌다. '지금의 시간은 미래의 내가 그토록 원하던 둘만의 시간이다.'라고 되뇌며 최대한 의미 있는 시간을 보내려고 한다.

길은 생기게 되어 있어

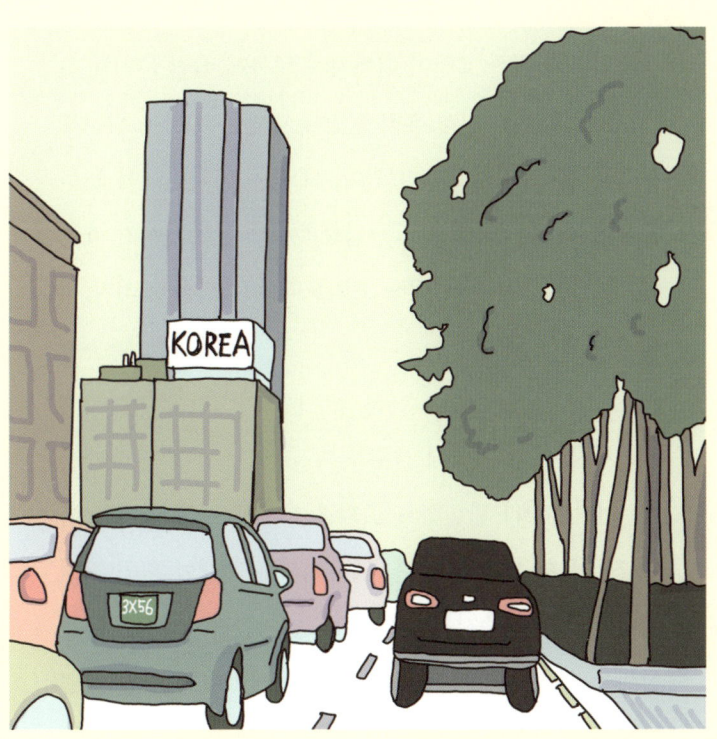

◆ ◆ ◆

출퇴근에 대한 고민이 이어지며 회사에 직접 문의를 하러 가게 되었다. 원래 휴직 기간에 한번은 회사에 방문해서 인사를 드리려고도 했었고, 요새는 인사팀에서 노무 문제에 대해 적극적으로 상담해주시는 분위기이기 때문에, 현실적인 부분에 대해 고민보다는 상의를 드리기 위해 찾아뵙게 되었다.

회사가 여러 지역에 본부를 두고 있는 상황이기 때문에, 인사발령과 관련하여 출퇴근 문제에 대해 상담을 하는 직원들이 많은 편이다. 회사에서는 최대한 직원 관점에서 배려를 해주시지만, 모든 사람을 만족시키기는 힘든 상황이다. 인사발령이 나면 거리가 얼마나 떨어져 있던 묵묵히 다니시던 분들을 지금까지 보았기 때문에, 나도 그렇게 해야 한다고 자연스럽게 생각했었다. 그런데 회사에서 워킹맘의 처지에서 고려해주시고 상담해주셔서, 아이와 내가 더 행복할 수 있는 길을 찾을 수 있을 것 같은 희망이 보였다.

지금은 엄마가 전부인 아이이지만 조만간 친구들이 더 중요한 나이가 될 것이고, 하고 싶은 것도 많아질 것이다. 아이를 위해 온 시간을 쏟은 만큼 그 빈자리가 차지하는 부피가 크게 느껴질 수도 있고, 외벌이로 생활한다면 원하는 것을 지원해주지 못한다는 사실에 미안한 마음이 커질 수도 있다.

현재만 두고 본다면 엄마가 집에 있는 것이 아이에게 안정감을 주는 등 장점이 많아 보인다. 그렇지만 장기적으로 아이를 독립적인 개체로 키운다는 관점에서 본다면, '직장의 끈을 계속 쥐고 있는 것이 서로를 위해 좋지 않을까?'란 생각을 하게 된다.

세 아이를 키우는데 모든 시간과 노력을 쏟아부으셨던 어머니는 아이들이 독립하고 나서 우울증이 올 것 같았다고 하셨다. 아마 어머니가 꾸준히 하는 일이 있으셨거나, 아이들에게 할애했던 시간 중 일부라도 본인에게 집중하는 시간이 있으셨다면, 그런 허망한 마음은 들지 않으셨을까 싶다.

주변을 보면 초등학교 3학년부터는 혼자 학원에 가고, 친구 집에 놀러 갔다 오는 등 엄마의 도움을 받던 시기를 지나 스스로 행동하는 모습을 하는 아이들이 많이 보인다. 엄마가 옆에 못 있어 준다고 자책을 하기보다, 지금부터 스스로 할 수 있도록 용기를 북돋아 주는 것이 더 필요해 보인다. 그렇다면 아이는 새롭게 겪는 일에 있어서 힘든 마음보다 뿌듯한 감정이 먼저 들며 더 성장할 수 있을 것이다.

이전에 아이를 키우며 중간중간 마음이 흔들릴 때마다 인생 선배들이 해준 말이 있다.

"길은 어떻게든 생겨나게 되어 있어."

나도 아마 같은 고민을 하게 되는 후배들에게 비슷한 말을 해주게 될 것 같다.

결혼이란 자신이 누구인지를 정확히 파악했을 때 해야 한다는 말이 있다. 그래야 어떤 사람이 나와 평생을 살아가야 할 사람인지 정확히 알 수가 있고, 옳은 선택을 할 수 있다고 한다.

나의 경우에는 배우자란 부모가 주지 못한 사랑을 주는 존재라고 생각했다. 동등한 위치에서 시작하는 관계가 아닌, 나를 낳아주시고 키워주신 부모님보다 더한 사랑을 줘야 한다고 잘못 생각한 것이다. 고목나무 같이 서서 한결같은 사랑을 주는 남편을 만나 나는 혼자만의 판타지를 썼고, 결혼 생활 기간 그런 기대치에 남편이 어긋나는 행동이나 말을 할 때마다 화를 내고는 했다.

원래 신혼 초에는 많이 싸운다는 말이 있듯이, 이런 과정에서 서로의 생각을 알고 이해하다 보면 완만한 결혼 생활에 이를 수 있을 것이다. 그러나 나의 경우에는 '배우자란 부모님보다 더한 사랑을 줘야 하는 존재이다.'라는 잘못된 전제로 시작했기 때문에, 남편에게 서운한 감정이 들때는 부모님에게 했던 모습과 비슷한 방식으로 대응하기 시작했다. 아예 내 감정에 대해 말을 안 해버리거나, 상대방에 관한 관심을 점점 끊어버리는 방법을 택한 것이다.

남편으로서는 불만을 토로하던 내가 어느 순간부터 조용해지니, 이제 본인을 수용하기 시작했다고 생각했을 것이다. 그러나 침묵이 낳은 무관심의 하루하루가 지속되면서, 뭔가 점점 서로에게 소원해지는 시간이 늘어나기 시작했다.

그러던 와중에 아이가 생기고 한 생명을 키우게 되면서, 난 비로소 나의 결혼의 전제가 잘못되었다는 것을 깨달았다. 한 아이에게 온 마음을 다하게 되면서 비로소 나는 사랑을 온전히 주는 사람의 위치에서 생각하게 되었고, 부모님에게 받지 못했던 사랑은 스스로 채워야 한다는 것을 알게 된 것이다. 그리고 남편에게 당연하다고 생각했던 부분이 얼마나 인내가 필요한 일인지 깨닫게 되었고, 기나긴 생활 동안 묵묵히 견뎌줬음에 더욱 고마운 마음을 가지게 되었다.

비록 아직은 부족한 상태지만, 결혼과 육아라는 과정을 거치며 뿌리가 단단한 나무가 된 듯한 요즈음이다. 자신을 더 이해하게 되고, 사랑하는 법을 알게 되면서 배우자를 존중하는 법 또한 알게 되었다. 과거에 내가 더 잘했으면 좋았을 텐데 하는 후회의 감정이 들 때도 있다. 그러나 지금까지 살아온 날들보다 더 많은 날이 남아 있다고 생각하면, 이전의 시간은 미래를 위한 소중한 자양분이 될 것이다. 앞으로 우리 가족에게 더 행복한 미래가 있을 거라 기대하며 글을 마쳐본다.

"일과 육아 사이에서 현실적은 고민은 계속되며 힘들 때도 있지만, 아이를 키우는 것은 그럴만한 값진 경험이고 현재 제게 있어 가장 행복한 일입니다. 글을 읽어주신 분들께 모두 감사드리며 행복하시길 바랍니다."

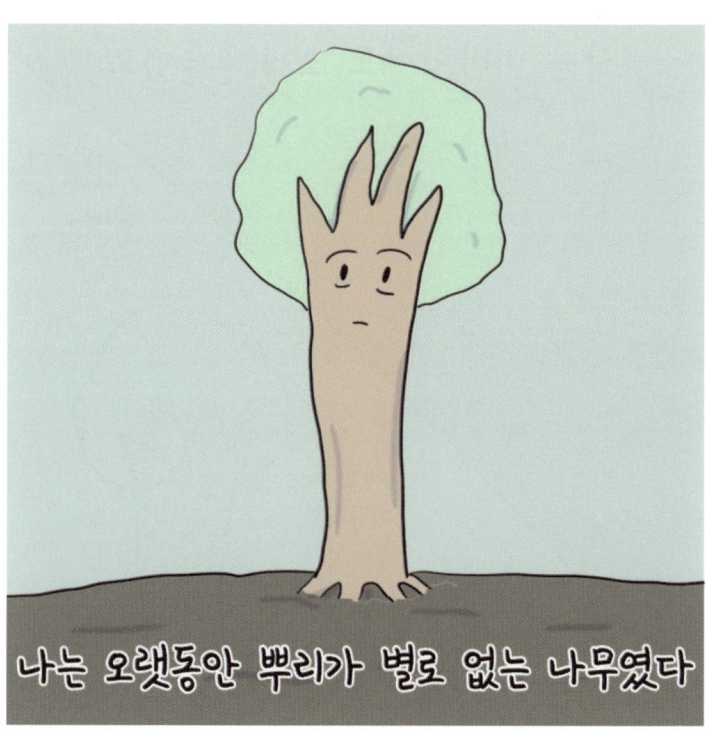

나는 오랫동안 뿌리가 별로 없는 나무였다

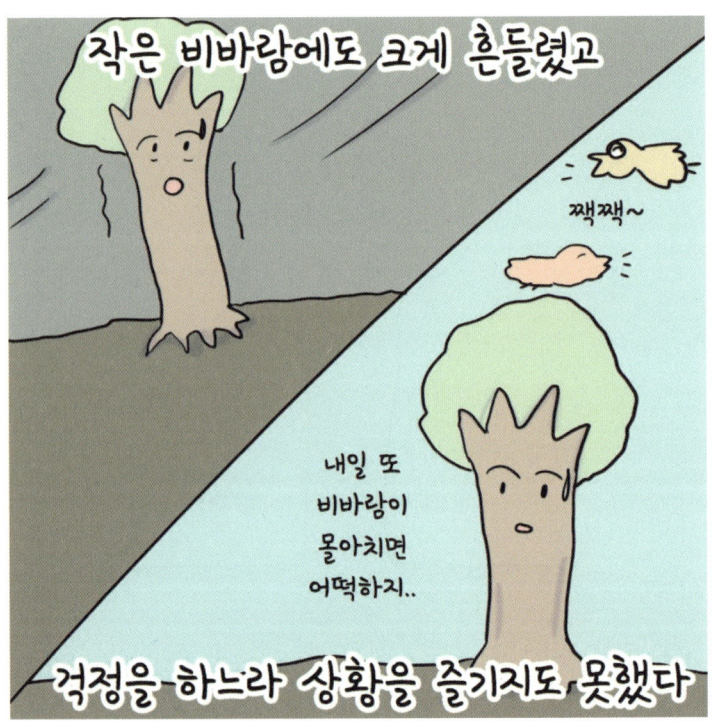

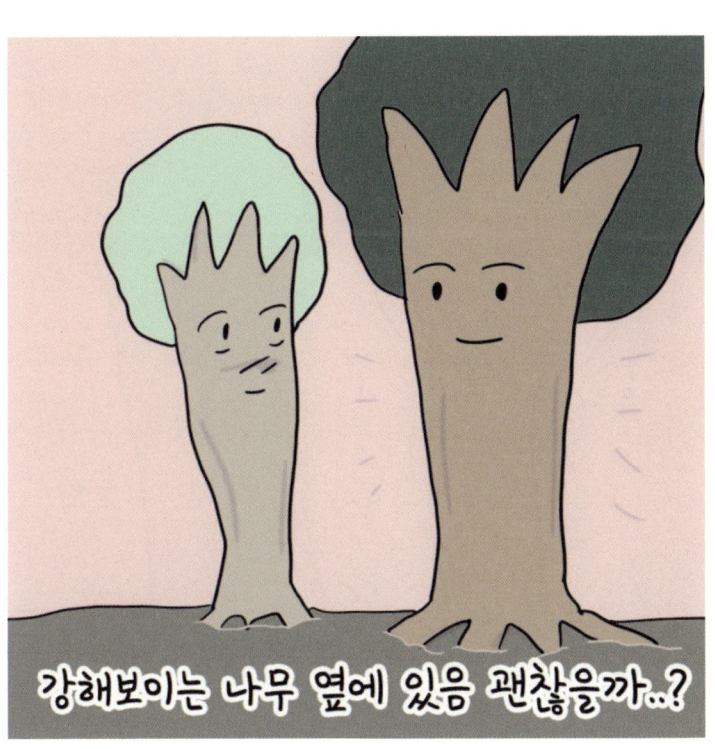

강해보이는 나무 옆에 있음 괜찮을까..?

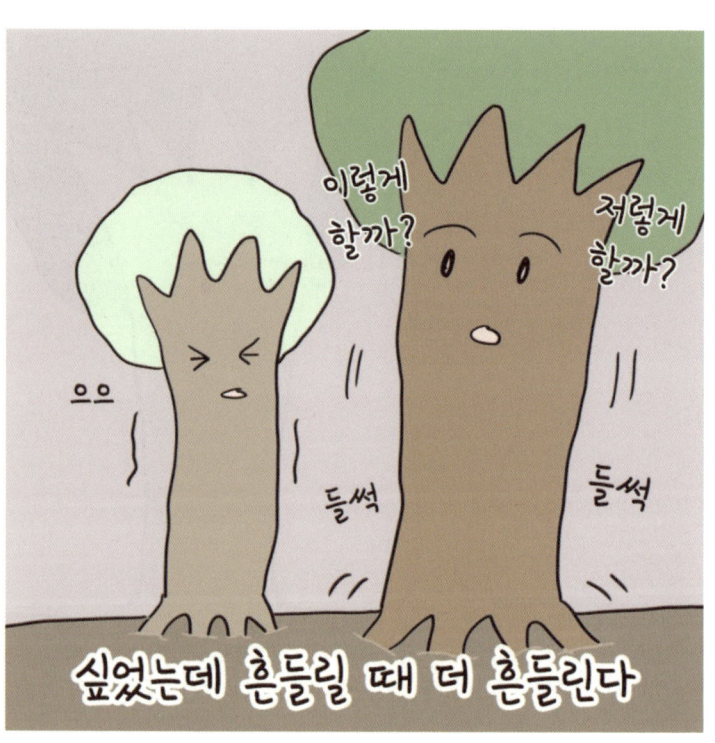

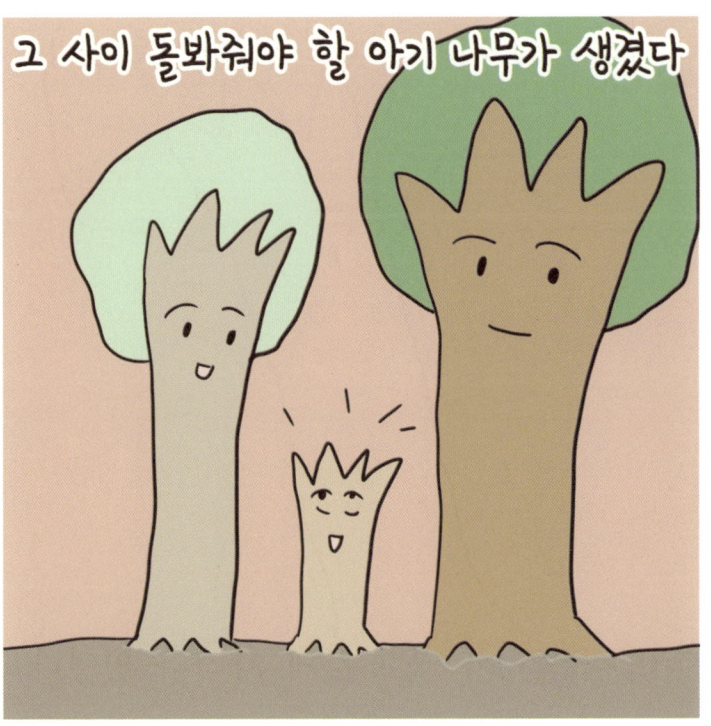

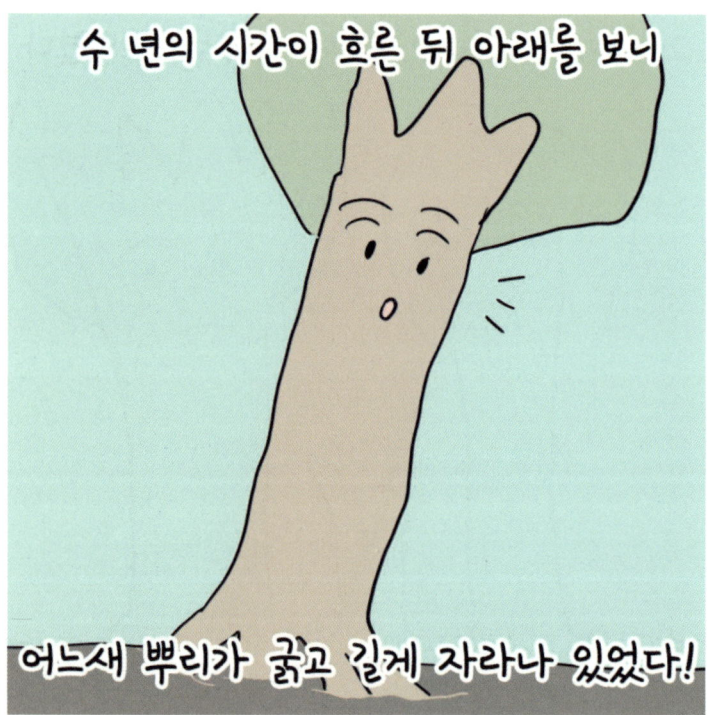

수 년의 시간이 흐른 뒤 아래를 보니

어느새 뿌리가 굵고 길게 자라나 있었다!

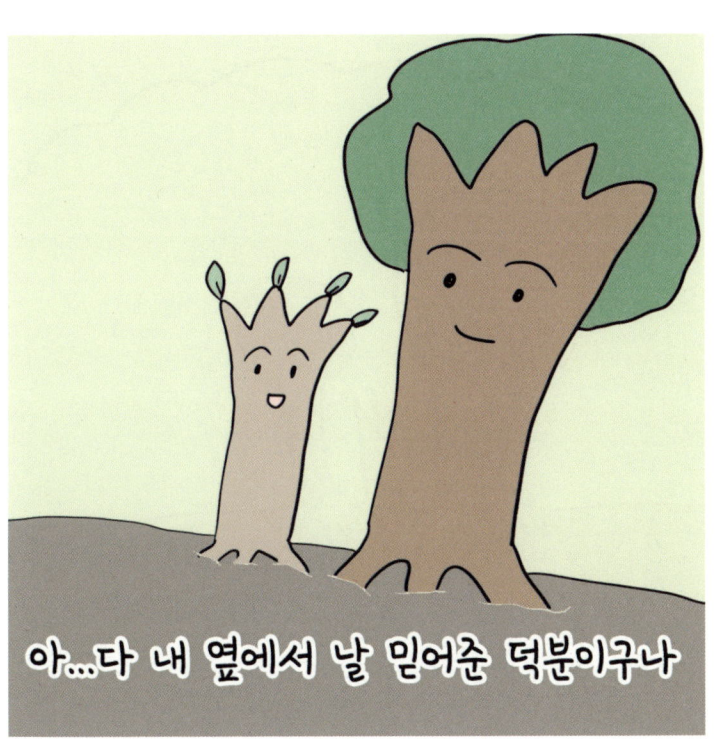

아...다 내 옆에서 날 믿어준 덕분이구나

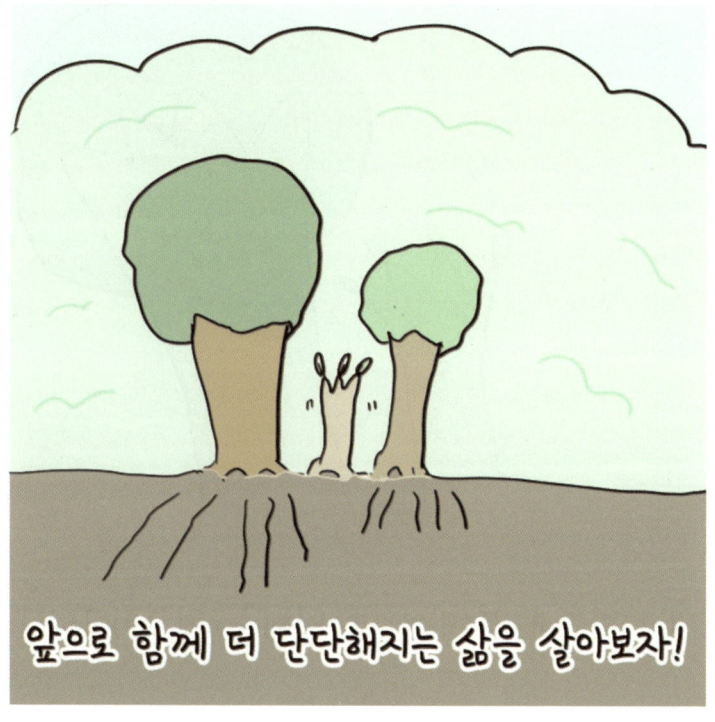

앞으로 함께 더 단단해지는 삶을 살아보자!

잠들어버린 아이 모습을 보며
밤에 항상 드는 생각..

ZZZ

'오늘 많이 놀아주지 못해 미안해
내일 더 잘 놀아줄게'

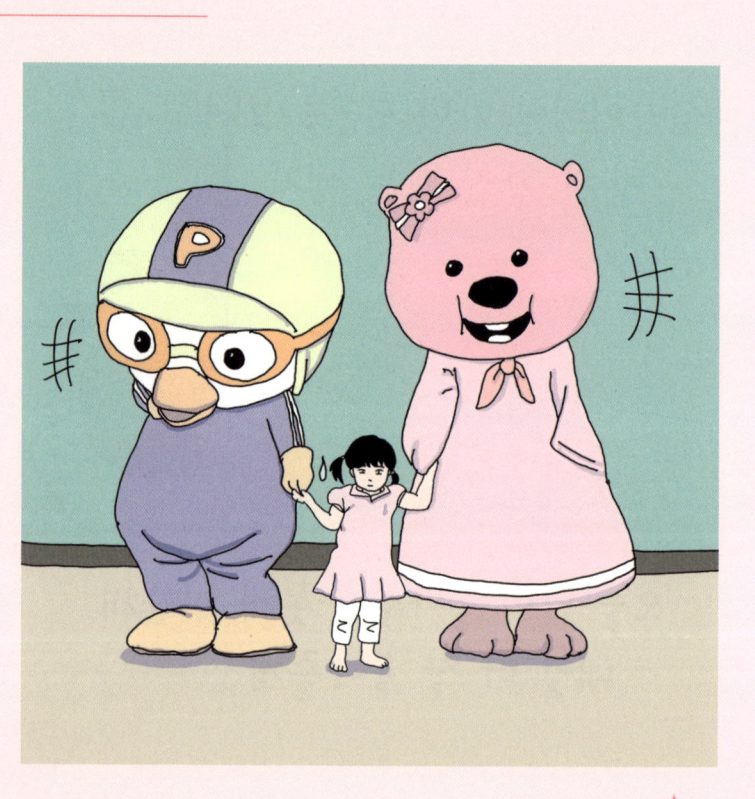

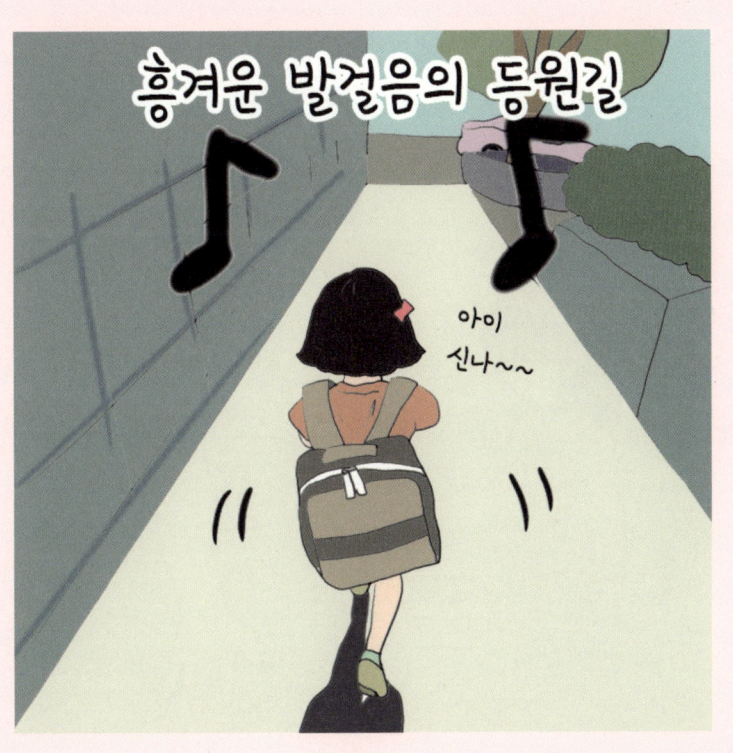

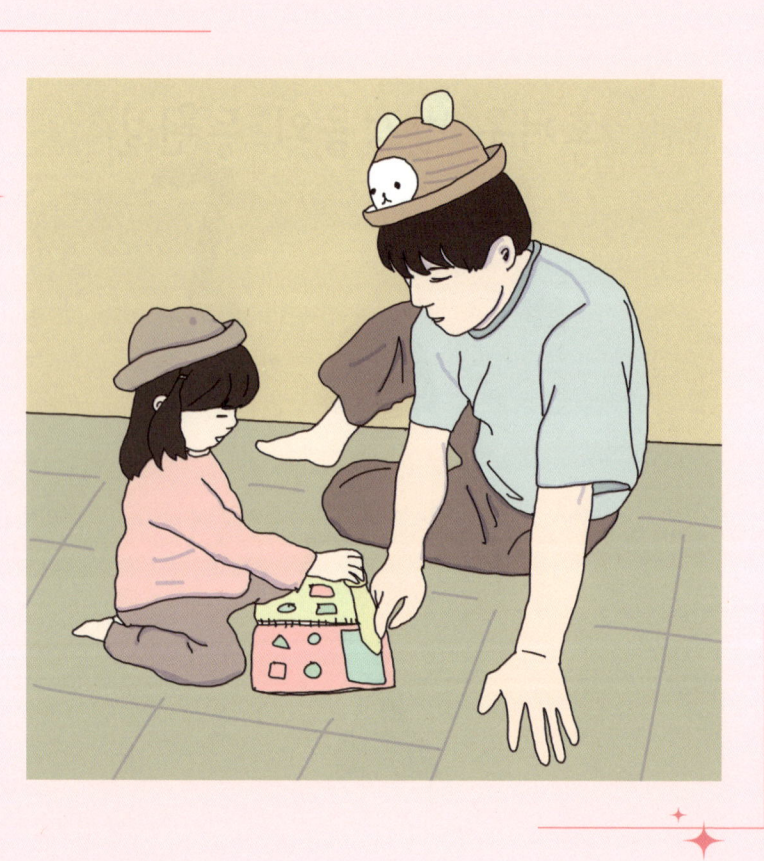

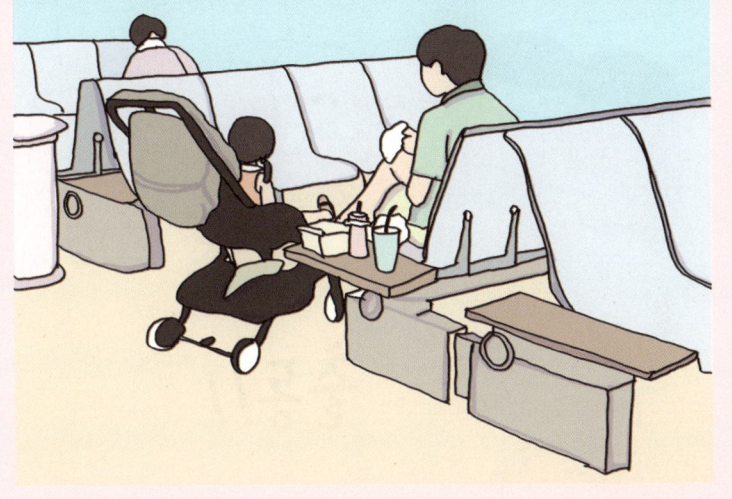

뒷모습도 점점 닮아가는 부녀지간

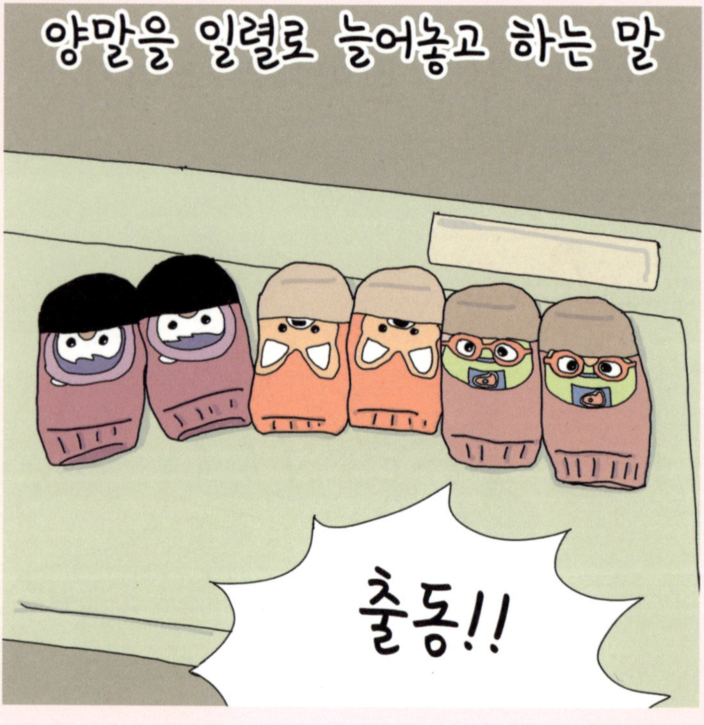
양말을 일렬로 늘어놓고 하는 말
출동!!

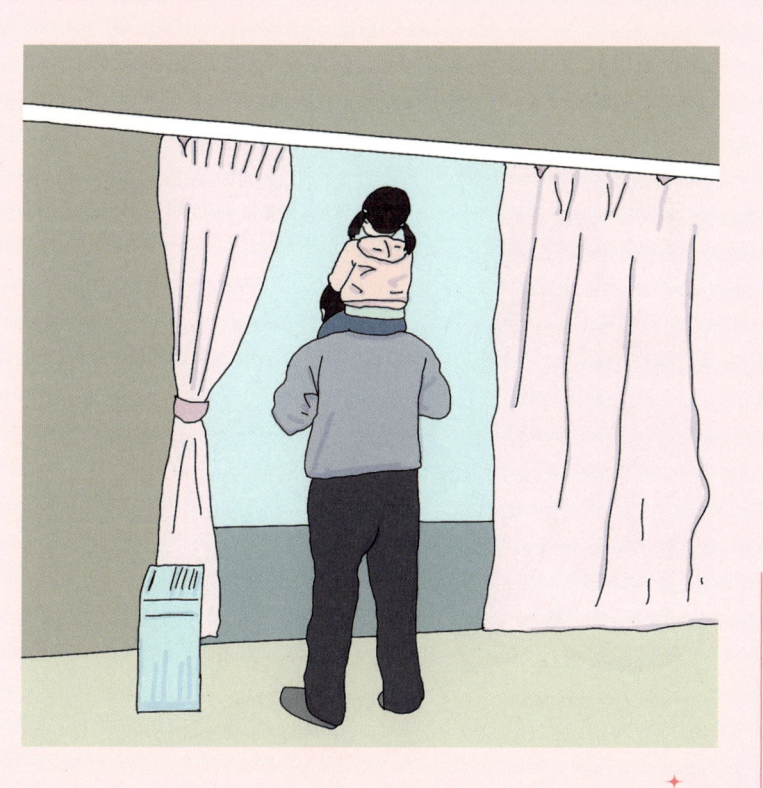

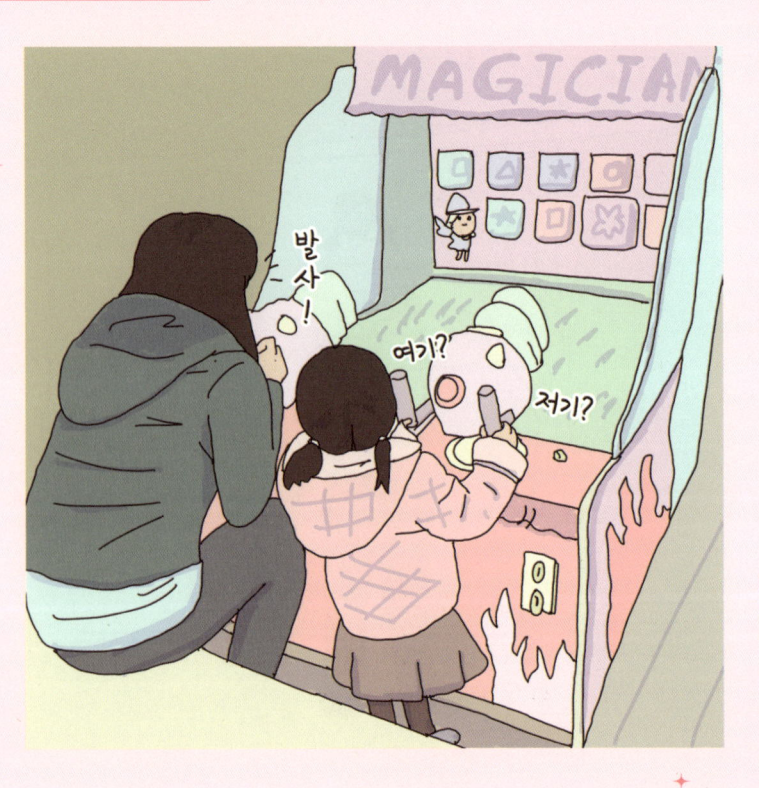

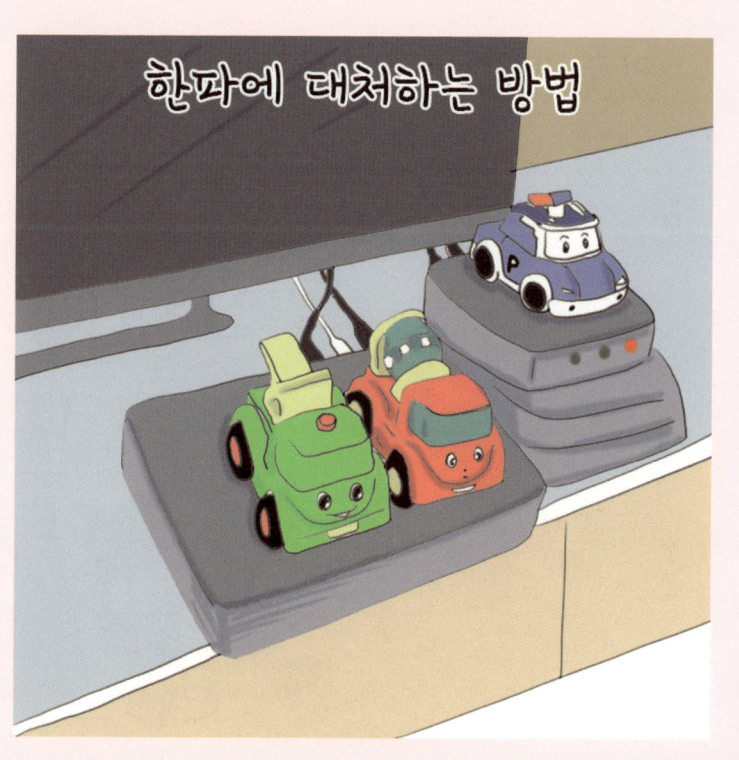

한파에 대처하는 방법

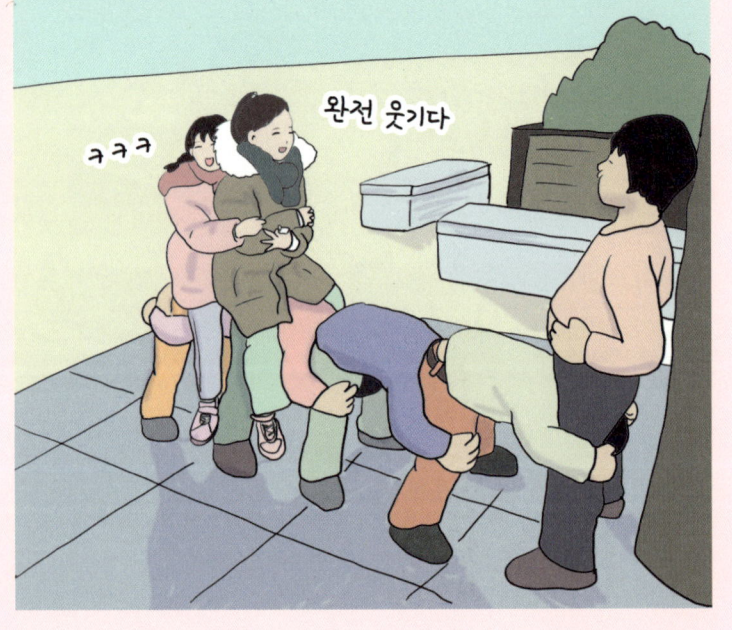